U0458463

Hermann Hesse

Siddhartha

流浪者之歌

〔德国〕赫尔曼·黑塞〔Hermann Hesse〕◎著
徐进夫◎译

上海三联书店

目　录

译　序

　　译者拿到这本书的英译本后，即到几家图书馆查了一下，结果发现，它已有多个中译本了，本来不想多此一举了，但后来在旧书摊陆续看到上述这个译本，于是买回细细读了一遍，感到它是一本好书，写得非常深刻，可见作者是一位颇有功力的人（此处指其内容而言）。而这些中译本，也都各有所长、各擅其美，唯美中不足的是，仍有若干地方，与原旨似有出入，因而认为：既是一本好书，且译文仍有改进的余地，那么，不但可以重译，而且值得重译，乃至重读了。于是，就不揣浅陋，决定重译了。

　　本来，翻译文学作品，尤其是小说作品，最忌插科打诨，加上译注，是很不知趣的事，但这是一本哲理小说，有些术语如果照本宣科，不加解释，一般读者恐有不知所云而有隔靴搔痒之憾；为免此憾，于是将若干专门用语，特别是有关印度教和佛教且含义深奥者加以译注。此种工作，详略繁简之间，颇难取舍抉择。太略，则语焉不详，不如不注；太繁，则不但喧宾夺主，且牵枝引蔓，愈注问题愈多，愈是纠缠不清，愈是有碍文学欣赏之乐，吃力而不讨好，自然不在话下。但也不可因噎废食，繁简问题，只好凭译者的估计和资料所及"酌情办理"了。好的是，注语不夹杂于本文之中，根基深厚的高明读者，不妨略而不阅。

又，印度经典中的人名地名，皆有象征或表意的作用，与其上下文皆有密切的关系，故而书中几个主要角色和少数几个地方的名字，也一并略注了。又，书中各种专门术语和人名、地名，皆取中文已经译出且较流行的译语，不但避免"标新立异"，且可使熟悉旧有译语的读者有"如数家珍"而无生疏之感。

译完本书第一部分之后，深深感到，一般读者，对于主角悉达多，见了大觉世尊，对他的教义和神采，既然十分敬佩，为何却又离他而去，这种动向，也许不知所云，读到此处，难免有些大惑不解；为解此惑，译者一时心血来潮，遂不掩丑拙，唠唠叨叨，在第一部分后面的译注之后添了一段蛇足，做了一个不合禅学要求的解说，在明眼人看来，这叫作"佛头着粪"，其过弥天！高明读者看了，或许会觉可笑；但为了一般读者，译者也就只有担承罪过，请求高明见谅并略而不阅了。

又，原拟在相关章节部分，加以点睛或点题式的"注语"，但觉上面所述那些译注和解说已够令人讨厌和不耐了，如再唠叨下去，那可真的要自讨没趣了，因此决定，还是漂亮些自动省了的好。

本书原以主角"悉达多"（Siddhartha）之名为书名，但因此名原系释迦牟尼出家之前的名字——通常略译为"悉达太子"——而在本书之中所指，又因另有其人，且皆为一般读者所不知，故而皆为中译者所不取。有些中译本译为"悉达多求道记"。此名甚美，颇有令人"想入非非"的"罗曼蒂克"意味，但译者觉得，美则美矣，惜与原作的根本精神不符，有失忠实，而忠实为译事信达雅或真善美三德之首，不可忽视，何况太泛？不知读者以为然否？

至于本书的作者赫尔曼·黑塞（Hermann Hesse），不但早已成了世界文坛巨人，而且甚受中国读者所欢迎，他的作品，在这一系列文集中的介绍，已经不知凡几，故而译者也不想在此再加赘述了；就以欣赏这本译作而言，我们只要知道他对印度的思想、生活和东方的佛教，尤其是中国的老庄和禅，不但至为激赏，而且还有相当高明的见地和深刻的体

流浪者之歌

3

験，也就够了。因为，有了这个认识，读时就不致看走眼了。读者看了本书之后，当有同感，单凭文学的构思和想象，是绝对写不出如此老到的作品来的。

不用说，本译对于在它之前的译本，自有若干借鉴之处，译者谨在此一并致以诚挚的谢意和敬意。

　　　　　　　　　　　　　　徐进夫　谨识

黑塞的生平和《流浪者之歌》

　　1877 年 7 月 2 日黑塞出生于德国南部席瓦本地方的小镇卡尔夫，父母都信仰虔诚，他是次子。席瓦本地方曾产生过伟大的剧作家席拉，以童话闻名的赫夫，与以诗人扬名天下的赫尔达林和梅里克。这个文人辈出的地方，自古以来政治较为落后，但在文学、哲学以及神学的精神领域中却出现了许多杰出的人物。

　　父亲约翰涅斯·黑塞是巴鲁特地区的俄裔德人，和母亲的祖父赫尔曼·肯德尔特一样，青年时代参加瑞士的传道团前往印度传道，后因健康欠佳而回国，担任肯德尔特的助手，从事宗教书籍的出版。不久，和肯德尔特的女儿，当时是未亡人的玛丽结婚。母亲是法裔瑞士人，具有音乐才华，感受力敏锐。父亲聪明而善良，给人求道者的孤独感觉。继承父母血统的黑塞，幼小时即对音乐感兴趣，后来也追求宗教思想，不仅对希腊、拉丁的思想，甚至对印度、中国的智慧，以及日本的禅产生浓厚的兴趣，可以说其来有自。

4岁时由于父亲工作的关系，迁居到瑞士的巴塞尔市。在巴塞尔，家的后面就是广袤的原野，在接近大自然，和动物、植物交朋友的同时，也帮助他培养丰富的想象力。未来的诗人——黑塞早在这样的环境中打好了根基。1886年，一家人再度回到德国的卡尔夫。黑塞9岁时进入拉丁语学校就读。

想要继承父亲的圣职，成为优秀的牧师，就必须参加每年夏天在威尔丁堡州举行的"州试"。为突破这个难关，黑塞被送到第一流的杜宾根拉丁语学校。通过州试的人允许到有传统的墨尔布隆神学预备学校求学，而且能以公费资格进入大学，并保证日后可以终身担任牧师这项圣职。

1891年7月，黑塞14岁，果然通过了州试，9月进入墨尔布隆神学预备学校，开始过寄宿生的生活。这在《在轮下》(心灵的归宿)中有详细的叙述。入学后不久，他受到自己"内部刮起的暴风"所袭击，逃出宿舍，结果当然是告别了神学校。这是因为他产生了"除了做诗人之外，别的什么也不做"的强烈欲望。

黑塞对青春的困惑与流浪于焉开始。在神学预备学校之后，转读高级中学，然后又遭禁闭和退学，于是又到商店当学徒，在机械工厂见习，有4年多的时间辗转更换工作，但不论做任何事都不顺利。虽然如此，他没有放弃学习。现在且让黑塞本人来说吧。

"自从学校生活不顺利的 15 岁开始，我就积极自我进修和修养。在父亲家里有祖父的大量藏书是我的幸福，也是我的喜悦。那是放置很多古书的房间，其中有 18 世纪的德国文学与哲学。从 16 岁到 20 岁之间，在大量的稿纸上我写了很多初期的习作，在这几年的时间内，看完大半的世界文学，也耐心学习艺术史、语言、哲学等。借此弥补正常的研究，就收获而言，与一般常人相较，可以说有过之而无不及。"（《我的小传》）

1895 年秋天，黑塞辞去机械工的工作，到大学城杜宾根的赫肯豪书店当见习生。在这里一面承受孤独与失意，一面努力读书和写诗，这样过了 3 年的岁月。22 岁时，自费出版第一本诗集《浪漫之歌》。当然没有得到任何回响。接着出版散文集《午夜后的一小时》，共印了 600 本，但一年之内只卖出了 53 本。可是最了解诗人的还是诗人，利鲁克立刻注意到这本散文集的年轻作者，并写书评推荐。

那年秋天，他转到巴塞尔的莱席书店任职，两年后就在这家书店出版诗文集《赫尔曼·洛雪尔——青春时代》。然后到意大利旅行，接触古老的艺术和文化，开始对现代社会采取批评的态度。1902 年，他能在"新进德国抒情诗人"的系列中出版《诗集》。全得归功于诗人卡尔·布塞的美意。在这本《诗集》里包括了著名的《雾中之歌》。他准备将这本值得纪念的《诗集》献给母亲,然而在出版之前母亲却去世了。

1904 年,黑塞所说的"文学上的第一个成功"终于来临。他的第一部长篇《乡愁》由柏林费舍书店出版,使他一举成名。这本小说以新鲜的文体和生活感情,生动地描写大自然,激起很大的反响。黑塞和前年在意大利旅行时认识的巴塞尔著名数学家的女儿,擅长钢琴的玛莉亚·佩诺利结婚,迁居到波登湖畔的小渔村凯恩赫芬。

这样在"安稳和愉快中度过好长一段时间"的湖畔生活,创作出为教育的压力而痛苦的悲剧长篇《在轮下》和《美丽的青春》,以及追求人类幸福真谛的长篇《生命之歌》等重要作品,此外也写出中短篇集《此岸》等佳作,可是,与生俱来的流浪性格与婚姻生活产生的困扰,使他想再度去旅行。

从 1911 年夏天开始的旅行,目的地不是当初计划的向往之地印度,而是去马来半岛、苏门答腊、锡兰等亚洲殖民地。在这些地方当然不可能有古代印度的精神。失望之余在年底回来后,移居到瑞士首都伯恩郊外,开始撰写长篇《艺术家的命运》。描写比自己大 9 岁,而且有精神病的妻子玛莉亚的婚姻生活。

1923 年,他取得瑞士国籍,同时和玛莉亚夫人正式宣告仳离,翌年 1 月和瑞士女作家的女儿露蒂·布恩卡结婚,这次的婚姻也没有维持多久,3 年后宣告结束。然后在 1931 年和奥地利美术史研究家妮侬·杜鲁宾结婚，同时接受朋友好意提供的蒙达纽拉郊外的住宅，迁居到该地。这个新居被称为黑塞之家，妮侬夫人在以后三十多年里和丈夫共同生活，彻底扮演着"支撑者"的角色。

1932 年，德国国内已由希特勒建立起政权，开始所谓纳粹的暴力政治。这个暴力也影响到黑塞的著作。他被视为"不受欢迎的作家"受到德国出版界的排斥，他的生活逐渐陷入艰苦之境。这段时间内，给予他帮助的就是继承柏林费舍书店的贝塔·兹尔堪普。

这个时期，在鲁加诺湖畔的蒙达纽拉山庄的庭园和果园里，可以看到黑塞大清早就戴着草帽整理庭园的草木，或清扫落叶枯枝。黑塞将这些工作视为对神的奉献，是以司祭的心从事这项工作的，可是，他的妻子却戏称他是"烧炭的人"。在这栋山庄里，除了黑塞夫妇之外，最重要的家人是一只聪颖的猫，主人称它为"豪杰"，疼爱有加。猫的孤独可能对黑塞的心产生莫大的影响。

不过，他并不是独善其身地在野蛮和破坏、杀害等满布血腥的纳粹政治下的黑暗时代过着隐居生活。实际上，他就像"人类的园丁"，在这孤独的山庄生活中，把对混沌现世的强烈批判，以及对精神乐园的向往都表达在巨著《玻璃珠游戏》中。这部小说费时十余年，直到 1942 年 4 月才告完成，翌年，在瑞士出版前后二卷。他的挚友汤玛斯·曼，看过这本书以后，对和他正在执笔的《浮士德博士》在内容上有共同点感到十分惊讶。

他很早就热爱歌德的《威廉的修学时代》，对德国浪漫派诺巴里斯的《蓝花》、霍夫曼的《黄金壶》，以及艾新道夫的诗与小说等特别亲近。非常注重传统的黑塞，有段时期被看成是新浪漫主义派不是没有理由的，可是想到他本来是从拥护一个人格和个人出发，从各个角度去探讨人性与批判时代，更应该把他看成是写实主义作家。

1945年第二次世界大战结束，黑塞获得歌德奖及诺贝尔文学奖（均在1946年），又在1950年荣膺拉蓓奖，他杰出的文学业绩获得无上的光荣，又接到世界各国读者的来信，也勤快地回信。1962年8月9日夜晚，以超过歌德的85岁高龄"如睡眠般"地辞世。死因是脑溢血。

诚心诚意扶持这位诗人，死后将其著作与遗物收集整理，捐给西德纳卡国立西勒博物馆的妮侬夫人，1966年9月22日因心脏病去世，享年71岁。

流浪者之歌

1919年，灵感就如决堤的河水般，以江流奔泻的气势，在冬天一口气把《流浪者之歌》第一部完成了，并且进入第二部，但就在这里停笔了。《流浪者之歌》（Siddhartha）就此足足停顿了一年半，直到 1922 年底才完成出版问世。

黑塞在这部作品中，是想借释尊出家以前的名字"悉达太子"，探讨一个求道者达到悟道体验的奥秘。"悉达多"，虽然是由有成就的人（悉多哈）和目的（阿尔特哈）连结而成，但并非受到已达涅槃的佛陀之教诲或赞美而得道，完全是黑塞本身对宗教体验的告白。

由于其体验的切实性和探求的独自性，加上具有旋律之美，这部单纯而含蕴深厚的作品——《流浪者之歌》成为黑塞艺术的一个高峰。

这部作品在印度本土也受到重视，被译成印度 12 种方言，使作者声名大噪。此外在翻译成其他国家语言的书籍而言，黑塞的作品也是最多的。德语版于 1970 年共销售了 41 万本，列为黑塞作品中的五大畅销书之一。

黑塞说："把文学解释为告白，无疑的，这个解释非常编狭，但也只有这样解释。"又说，一般而言，艺术是作家使自我的可能性作充分的发挥和燃烧，在所有分化、分裂的范围内，毫无保留地表白出来。《流浪者之歌》就是这种告白，并不是解释得救之道或显示解脱之道的结论。在这一方面，黑塞在《流浪者之歌》所到达的境地，是他自己达到的体验，是佛教所谓自了的罗汉或独觉，而不是普渡一切众生的菩萨。黑塞在作品中反复陈述，重要的不是教诲等言语，而是体验的秘密。虽然那是黑塞的悉达多的个人体验，但透过体验的直觉性和真实性，成为象征、暗示，而获得解脱的秘密。这就是文学的美和真实性，所以也就有界限。文学的任务不在使人得到"解脱"。

《流浪者之歌》的副题是"印度的诗"，由于对印度精神的深切向往而写成，但绝不是向印度一边倒，也不是歌颂佛教。他甚至于和婆罗门教或佛教对决，然后超越。

而印度诗也没有能成为单纯的印度诗。在那单纯化的美妙旋律的文章中，有佛陀的教诲和人格、巴迦瓦德·基塔的《奥义书》《吠陀》和歌德的泛神论、浪漫主义的神秘体验、虔诚主义的沉潜、陀思妥耶夫斯基的深渊与混沌、尼采的永远回归和超人等，汇合而成一股强烈的漩涡。这部作品就是这种信仰的一份告白。

黑塞的一生都在专心研究中国及印度的智慧，有时并把他的新体验用东方的比喻来形容，所以人们常说黑塞是佛教徒。

黑塞的家庭，从他祖父时代就有浓厚的印度气氛。他的表弟贡德尔特说，一个与黑塞素不相识的法国女占卜师看了黑塞的相说："你在欧洲是个外国人，你前生是喜马拉雅山中的隐者。"可是，黑塞到印度游历时，仍旧觉得自己是个外国人，并深切感受到他的乐园不在东方，而是在自己北国的未来中，甚至只有存在于他的自身之中。

由此看来，不能说《流浪者之歌》的作者，就是"误生在欧洲的印度诗人"。不如说，"在文学的本质上是德国北方性的，但在精神追求上却是东方的"较为妥当。和歌德及尼采一样，黑塞也是如此。歌德以到达罗马的那一天作为再生开始算起，黑塞的"流浪"之旅，从北向南，就是象征这种情形。又如以《东方之旅》所象征的，黑塞志在印度或中国，与其说是回归亚洲，不如说是意味着东西方最高层次的精神会合。虽然，正如作者所说的："《流浪者之歌》，旨在表示对东方的感谢，但即使是在印度性的东西中，也有陀思妥耶夫斯基的东方气息，浮士德的北方味道，基督教西欧的精神，尼采的希腊风格，也都深深融入其中。"所以，在下一个长篇《荒原狼》与《知识与爱情》中，虽然有现代与中世纪之间的差异，但以德国为背景，面对两个浮士德化的灵魂，正如他所说的，是"生长与变化的人"。不应该因为他写了《流浪者之歌》，就把他看作东方人。

同时，这个作品也并不是黑塞所到达的最后绝对的境地。我们应该会想到，这个作品并非以佛陀为名，而是采用得道以前的悉达多做题名。在最后一章里，主人翁说："就整个真理而言，相反的也同样真实。"重要的是体验本身的表现，所到达的境地是相对的，而且那也应该是可以"超越"的。在这一方面，他在最后的巨著《玻璃珠游戏》中所建立起的精神国度也就能超越，显示出不肯以现状为满足、永远回归忍受命运的强度。

"你不得终止，就是使你伟大的地方。"（尼采）黑塞虽然不是被视为伟大作家典型的那类人，但根据尼采这句话，他无疑是伟大的。

1922 年 8 月 10 日，黑塞终于向罗曼·罗兰报告，《流浪者之歌》经过三年的努力业已脱稿。然后，正如报告中所说的，第一部献给罗兰，第二部献给表弟——汉堡大学的教授威尔赫姆·贡德尔特。又根据 8 月 25 日写给罗兰的信，黑塞接受罗兰的劝说，参加了在鲁加诺举行的国际会议，在会上朗读《流浪者之歌》的结束部分。能够了解的人只有少数，因此，印度籍历史学家卡里达斯·纳顾（Kalidas Nag）的了解，使作者喜出望外，顿时两人成为莫逆。把这部作品翻译成英文的计划，更带给黑塞很大的希望，也证实了人们的思想可以超越时空的距离而作奇妙的结合。当时的黑塞健康状态固然不佳，但精神很好。与好友罗曼·罗兰的重逢、纳顾教授的来访等，都使他非常兴奋。于是，《流浪者之歌》在 1922 年年底出版了。

聪明的青年悉达多成为学德俱优的婆罗门之子，努力学习冥思、祈祷，暗诵《梨俱吠陀》，向神献供，是父母心中引以为荣的儿子，盼他将来成为伟大的贤者婆罗门之王。他由于精神力的集中，能将象征万有的神秘圣音"唵"（Om）作无声的呼吸，知道自己的内在和宇宙成为一体的"神我"。可是他深切感觉到，不会由这些知识得救。婆罗门说，梵我不二，我即是梵。可是却把生主崇拜为世界的创造者，向古老的神奉献牺牲。依据婆罗门教的看法，真我才是世界的创造者，应该崇拜唯一的真我而奉献牺牲才对，这种矛盾使悉达多对婆罗门教感到很大的不满。可是真我究竟在何处呢？但说真我不在肉，不在骨，不在思考，不在意识。追求真我的路又在何处呢？没有一个人指示出来。虽然《奥义书》上写道："你的灵魂就是全世界。"但实际上有没有以此作为奥秘生存的路径呢？这个就成为悉达多迫切达到的愿望，他如饥似渴地向往这个泉源。

某一天，有一群苦行沙门（Shramana，意为勤息、息心、净志，是对非婆罗门教的宗教教派和思想流派的总称）经过他的城市，他的心忽然对那种断绝一切感觉、欲望，纯粹为精神而生存的沙门生活产生了极大的兴趣。于是背叛父亲，和好友戈文达一同投入沙门群中。他认为能克制一切欲望，胜过自我，完全成为虚空时，就能觉悟到终极的东西，于是专心研究。但是他又觉悟到，这样不过是在逃避和麻痹自我，不能成为道中之道，通往涅槃之道。

经过3年苦行之后，觉悟者佛陀将入涅槃、达到超越轮回境地的消息，流传开来。悉达多离开沙门群，和戈文达一起到祇园的树林中拜访佛陀。对圆融自在而充满平和的佛陀，悉达多比任何人都敬爱。戈文达对其所说的四圣谛和八正道衷心敬佩，立刻皈依佛法，参加教团，可是悉达多对佛陀的教说还是存有批判性的，因此和朋友分手。他对佛陀以因果律解释生成流转一切现象的完美缘起观十分赞叹，但是对佛陀不以此世界观为中心，却以解脱为中心感到不以为然。悉达多对一贯的世界相，由未得证明的异质解脱观中断的情形感到不满。统一的世界相受到混乱，使他在生成流转的多样变化中寻求统一的知识性渴望，非但不能感到满足，以除去烦恼和否定生存获得解脱的说法，也不合他的意思。

佛教是尼采所谓"否定的宗教"的立场，黑塞、悉达多与佛陀对立。黑塞彻底地相信生。他肯定佛陀作为解脱的障碍，也就是想要除去的生之冲动。《彷徨少年时》里，强调本能就是新生的力量。黑塞的宗教基本上就存在着对生的信仰告白（Bekenntnis Zum Leben）。他在这个作品的前后曾说："痛苦和喜悦都出自相同的泉源，同样的美和需要。""肯定生命，认为即使痛苦也是好的。"这和黑塞不是圣者，而是艺术家；《流浪者之歌》在根本上不是宗教书，而是诗人的告白，有密切关联。对一个艺术家而言，绝对的平静不如高昂的感情那么重要。《生命之歌》的主人翁说："从我高昂感情的闪光与战斗中产生音乐。"

悉达多主张不要回避烦恼，应该向烦恼奉献。像这样，在根本上和佛陀有不同生命观的悉达多成为佛陀的弟子，走上了放心、解脱烦恼之路，是欺瞒而已。他不依靠佛陀，独自走进自我的深处，想寻找所谓悉达多的秘密。到达这种心境时，成为自由的他的心和感觉，就向世界展开了。蔚蓝的天空、苍翠的树林、滔滔的河水，万象是多么美好而奇妙！意识与本质不在某物的背后，而是在一切东西的里面。过去他把可见的世界断定是谜，在背叛中寻求得救之路，但现在他对感觉世界有了醒悟。结束第一部"觉醒"章，就和《奥义书》及佛教提倡的抑制感觉正好相反，意味着对生的觉醒。

在第二部里，悉达多在精神和感官两方面都体验到自我与世界。"思想和感觉两者都是微妙的东西，究极的意义就潜藏在它俩的背面；此二者都值得谛听，值得玩味，既不高估，亦不轻视，只是宁神谛听两者的声音。"（"伽摩拉"章）于是他和一般出家人走了相反的道路，从苦行进入享受感觉的世界。黑塞在其随笔《温泉疗养客》中，把那种境界具体而幽默地道出："就像花易衰但美，黄金不变但死板；自然生活的一切行为，虽然易衰但美，精神不变但死板。为获得生命，精神必须结合肉体和灵魂。"

悉达多剃掉胡须返回俗世，以其天赐的身心，和艳妓卡玛拉（"莲华"之意）享受陶醉的爱情。为证明物质的重要，更去担任富商卡玛斯瓦密的管理者，聚敛财物。他还加入昔日蔑视的"小儿们"（市井凡人）群中，恣意享受世俗性的快乐。可是他的心不在这一切活动里。在和卡玛拉做爱时，却感到没有真爱的空虚。他还是无法成为世俗的市民，无法变成小儿。"轮回"一章里描述他深切感觉到生活是无意义的循环的情形。这样的生活方式有意义吗？他终于又一次抛弃包括卡玛拉在内的世俗的一切。

"在岸边"一章里，他曾想为断绝可耻的生而投入水中。正在这刹那，灵魂听到婆罗门祈祷的密语"唵"（"完成"之意）；然后在混沌中认识自己，知道生之不灭，最后终因疲劳过度，念着"唵"入睡。就如古印度宗教认为灵魂是在睡眠中进入梵，悉达多也在睡眠中对无法名状的东西有了新的觉醒。作为禁欲的沙门的他，作为感官小人的他都死了，新生的悉达多对潺潺流水感到一股深爱。他终于成为圣者般的老渡船夫瓦苏代瓦的助手，靠划船、种稻米、收集柴火为生，过着简朴的生活，但流水教给他无限智慧，特别是时间的不存在。河是不论在泉源或河口都同样流动不息，河没有过去，也没有未来，只有现在。在变化本身中有持续。时间才是人类苦恼的根源，唯有摆脱时间的束缚，人才能获得幸福。如此思想的黑塞笔下的悉达多，在此终于到达明朗的和平。他从河里听到生的声音，存在者的声音，永远生成者的声音。就如在"关于灵魂"中所说沉湎在灵魂最高、最理想的状态，也就是无欲望的爱之观察里。

同时，他也从事爱的奉献，黑塞虽然是非社会性的隐者，但对于作为兄弟的人类并不厌弃，并有发自灵魂深处的爱心。他在战争中从事奉献性工作一事，就可证明这点。虽然他不适合作有组织性的社会活动，但在摇渡船的生活里，表现出圣方济各（1182—1226，意大利天主教方济各会和方济女修会的创始人）那种以个人时间为喜悦的态度。两名渡船夫在把人们渡过去的同时，也给有烦恼的人们灵魂上的帮助与安慰。旅人们大多在看到渡船夫时就会自然说出自己的烦闷和心事，以寻求安慰与帮助。渡船夫内在体验的力量，给人们带来光明。那是静观与朴素的爱之奉献，给悉达多带来安心。

在最后一章"声闻之人"里，悉达多遇到当年好友戈文达。戈文达成了佛陀的弟子，精进，但到老境仍未获得安心。临别时悉达多对老友所谈的话，暗示了作者的中心思想：知识能谈，但智慧是有生命的。

佛陀把世界分为轮回与涅槃、迷惑与真实、烦恼与解脱。为了教学，只有这样做。然而世界并不是单面的，任何人的行为都不可能全部地轮回、全面地涅槃、全部地圣或全面地邪。实际存在的迷惑，有一天会因时间的迁移而脱离轮回，进入涅槃，或拭去邪而达到圣，这样加以区别。可是，在想到时间并不存在时，就知道那是隔开现世与永恒、迷惑与真实、烦恼与解脱的迷妄。正如婴儿也有死亡，幼儿里也已经有衰老者一样，邪中有圣，罪人中也有佛陀的存在。生死即是涅槃，是即身成佛，在进入深刻的冥思时，就能脱离时间，把过去、现在、未来的生，看为同时的现象。如此，一切就很好，是完全的梵，把这个世界认为是有爱的。虽然不能爱语言或教诲，但可以爱实际存在的东西，也许不过是假象或迷惑。倘若果真如此，自己也同样不过是假象或迷惑而已。唯其因为是与自己同样的，所以才能爱。悉达多并不是要解释和说明世界，而是不轻视世界和自己，能够不憎恨、能平和地看世界，能以爱和赞美并以敬畏来看一切，才是他认为最重要的。在尼采看来是一切根本的"权力意志"，在黑塞则是"爱"，这点值得大家特别注意。

戈文达诘问说："执爱地上的东西，岂非佛陀所禁止的吗？"而悉达多回答说："我的话好像和佛陀相互矛盾，但只是表面上的矛盾，所以我才不相信语言。要普渡众生的佛陀，不应当忽视爱，因此，在基本上我和佛陀是一致的。"

当悉达多如此说时，戈文达看到悉达多的脸上、手上都发出和佛陀一样清静明朗的光辉，于是感叹地在他额上亲吻，想要和他一同超越时间，把轮回和涅槃结为一体，这时看到悉达多微笑的脸上出现有情无情一切东西的轮回转生相。那与超越时空的三世十方无量无数的佛陀之微笑完全相同。戈文达在深深的敬爱中，流泪跪在静坐的悉达多面前。

这个结尾虽然令人感动的美，但正如戈文达对悉达多的想法有不了解之感一样，是含有矛盾的。作者本身也承认这一点。一面把爱看作是无可比拟的，一面站在禁欲的冥想性的精神上。虽然在思想最强烈的地方看出梵我一如、物我不二的奥秘性的泛神论、一贯地向往永恒不变的精神，可是却有赞美对多彩现象界的生成变化的感觉性喜悦。二元的综合，在理论上还没有完成。本书反复想要强调的世界统一（Einheit）的理想，未能清楚表达，的确令人遗憾。可是在所谓悉达多的人格上，却能把那种对立中的一致，微妙而象征性地表现出来。令人联想到的不是大彻大悟、成为三界大导师的佛陀，而是在寂静中独觉的辟支佛。这里有着不能断然安身立命的危险性。与其说那是作者未能解决的问题，不如说是在反映不想勉强解决的矛盾。所以这个问题重复不断地被提起，没有在观念上做明晰的区分，更令人感觉出作者的诚实性。

总之，这个作品把东西方的世界观、宗教观融化在体验中，以独特的方法追究人生终极的疑惑。把作者的人与世界相，按照作者的话来说，就是把他与世界的感情（Ich-und Weltgefuhl）表达得十分透彻，可说是黑塞所有作品当中的代表作。

本文是从日本著名的黑塞全集的译者、黑塞研究专家高桥健二氏所著的《黑塞研究》，及其对《乡愁》（心灵的归宿）《知识与爱情》等几本书的解说编译而成。谨此向高桥先生深致谢意。

新潮文库编辑室

黑塞主要作品表

- 《浪漫之歌》(*Romantische Lieder*, 1899),第一本诗集。
- 《午夜后的一小时》(*Eine Stunde hinter Mitternacht*, 1899),散文小品集。
- 《赫尔曼·洛雪尔》(*Hermann Lauscher*, 1901),初版题为《赫尔曼·洛雪尔的遗文与诗,黑塞编》。
- 《诗集》(*Gedichte*, 1902),后改题为《青春诗集》(*Jugendgedichte*, 1950)。
- 《乡愁》(*Peter Camenzind*, 1904),奠定新进作家地位的第一部长篇小说。
- 《心灵的归宿——在轮下》(*Untérm Rad*, 1906),长篇小说。
- 《生命之歌》(*Gertrud*, 1910),长篇小说。
- 《印度纪行》(*Aus Indien*, 1913),印度旅行游记。
- 《艺术家的命运——湖畔的画室》(*Rosshalde*, 1914),长篇小说。

• 《漂泊的灵魂——流浪者的故事》（*Knulp*，1915），长篇小说。

• 《孤独者之歌》（*Musik des Einsamen*，1915），诗集。

• 《美丽的青春》（*Schön ist die Jugend*，1916）。

• 《彷徨少年时》（*Demian. Die Geschichte einer Jugendvon Emil Sinclair.1919*）。

• 《梅尔恩》(*Märchen*,1919)，创作童话。1955 年有增补版。

• 《流浪》（*Wanderung*，1920），随想录、诗与画之合集。

• 《画家的故事》（*Gedichte des Malers*，1920），画与诗之合集。

• 《克林梭最后的夏日》（*Klingsors letzter Sommer*，1920），3 个中短篇。

• 《悉达多求道记》（*Siddhartha*，1922），长篇小说。

• 《温泉疗养客》（*Kurgast*，1925）疗养手记。

• 《画本》（*Bilderbuch*，1926），景物印象记与小品文。

• 《纽伦堡之旅》（*Die Nürnberger Reise*，1927），游记。

• 《荒原狼》（*Der Steppenwolf*，1927），长篇小说。

• 《观察》（*Betrachtungen*，1928），评论。

• 《危机》（*Krisis Ein Stück Tagebuch*,1928),限定版诗集。

• 《夜里的安慰》（*Trost Der Nacht*，1929），诗集。

• 《如何阅读世界文学》（*Eine Bibliothek der Weltliteratur*,

1929），为替雷克莱姆文库所撰之世界文学指引，黑塞之读书论，后又加上《书的魔力》与《最喜欢阅读的书》两篇。

· 《知识与爱情》(*Narziss und Goldmund*，1930)，长篇小说。

· 《内在之路》（*Weg nach Innen*，1931），小说集，为《悉达多求道记》与《克林梭最后的夏日》合集本。

· 《东方之旅》（*Die Morgenlandfahrt*，1932），中篇小说。

· 《小小世界》（*Kleine Welt*，1933），小说集。

· 《寓言集》（*Fabulierbuch*，1935），寓言与短篇小说集。

· 《回想录》（*Gedenkblätter*，1937），1950 年有增补版。

· 《新诗集》（*Neue Gedichte*，1937）。

· 《诗集》(*Die Gedichte*，1942)，首次于瑞士所出之诗全集。

· 《玻璃珠游戏》（*Das Glasperlenspiel*，1943），长篇小说，副标题为"名演出家约瑟夫·克纳希特传记之试作，附录克纳希特遗稿"。

· 《梦的痕迹》（*Traumfährte*，1945），短篇小说与童话集。

· 《战争与和平》(*Krieg und Frieden*，1946)，为献给罗曼·罗兰之作，1949 年有增补版。

· 《后期的散文集》（*Späte Prosa*，1951），论述幸福之感想与小品文。

· 《书简集》（*Briefes*，1951）。

· 《黑塞与罗曼·罗兰往返的书信集》（*Hesse, R.Rolland*,

Briefes，1954）。

·《往昔回顾》（*Beschwörungen*，1955），后期的散文集续编。

·《阶梯》（*Stufen*，1961），旧诗作与新诗作之合集。

黑塞年谱

· 1877 年　7 月 2 日，黑塞生于德国南部席瓦本地方的小镇卡尔夫，是约翰涅斯·黑塞与玛丽·黑塞的次子。

· 1881 年　4 岁　一家移往瑞士的巴塞尔。双亲从事指导海外传教士工作。

· 1882 年　5 岁　黑塞已经会做即兴诗。

· 1886 年　9 岁　一家搬回卡尔夫镇。

· 1890 年　13 岁　为准备进入神学校，就学于杜宾根拉丁语学校，立志要做诗人。

· 1891 年　14 岁　9 月，考入墨尔布隆神学校。

· 1892 年　15 岁　3 月，突然离校，放弃学业。5 月，为医治神经衰弱，被送至神学者之家寄居，意图自杀，未遂。11 月，进入肯席达特高级中学。

· 1893 年　16 岁　10 月，由高中退学。10 月底，到书店见习。3 天便逃跑。回到卡尔夫帮忙父亲的牧师工作。

· 1894 年　17 岁　在卡尔夫担任机械师的学徒，被讥为

"神学家的工人"。

· 1895 年　18 岁　10 月在杜宾根的赫肯豪书店见习。暂时安定下来，开始写诗与散文。

· 1899 年　22 岁　自费出版第一本诗集《浪漫之歌》(*Romantische Lieder*)，发表散文集《午夜后的一小时》(*Eine stunde hinter Mitternacht*)。是年秋天，转往巴塞尔莱席书店任职。

· 1901 年　24 岁　第一次旅行意大利。由于莱席书店的好意协助，《赫尔曼·洛雪尔——青春时代》(*Hermann Lauscher*) 一书刊行。

· 1902 年　25 岁　出版《诗集》(*Gedichte*)，献给母亲，但在诗集付印前，她已去世。

· 1904 年　27 岁　《乡愁》(*Peter Camenzind*) 由柏林费舍书店出版，深获好评，奠定了新进作家的地位。次年由此获得维也纳的波耶仑费尔特奖。与玛莉亚·佩诺利结婚，移居波登湖畔的小村凯恩赫芬。沉湎于大自然中，专心创作。刊行小传《薄伽丘》(*Boccaccio*)、《圣法兰西斯》(*Franz von Assisi*)。

· 1905 年　28 岁　长子布鲁诺诞生。

· 1906 年　29 岁　《心灵的归宿——在轮下》(*Untérm Rad*) 出版，大获成功。此外，还写了小品文多篇。

· 1909 年　32 岁　次子海那出生。访问作家威尔赫尔姆·拉贝。

· 1910 年　33 岁　出版描述音乐家的小说《生命之歌》(*Gertrud*)。和瑞士的音乐家缔结深交。

· 1911 年　34 岁　盛夏至年末，到新加坡、苏门答腊、锡兰等地旅行。三子玛尔丁诞生。

· 1913 年　36 岁　出版游记《印度纪行》(*Aus Indien*)。

· 1914 年　37 岁　描写画家的小说《艺术家的命运——湖畔的画室》(*Rosshalde*)出版。7 月，第一次世界大战爆发。为伯尔尼的俘虏保护组织工作，为德国俘虏热心地效力，奋不顾身地高呼和平主义。

· 1915 年　38 岁　《漂泊的灵魂——流浪者的故事》(*Knulp*)、诗集《孤独者之歌》(*Musik des Einsamen*) 出版。罗曼·罗兰对黑塞的和平主义发生共鸣，8 月来访。

· 1916年　39 岁　《美丽的青春》(*Schön ist die Jugend*)出版。父亲约翰涅斯去世，三子玛尔丁病笃。妻玛莉亚精神病日趋严重，这一连串的精神压迫，加上慈善事业过分忙碌，使黑塞患了神经衰弱，健康状态逐渐恶化，住进鲁柴伦的松麻特疗养院，接受精神分析学泰斗杨格的门生精神病医师兰克的治疗。开始阅读精神分析大师弗洛伊德、杨格的著作，受他们的影响很大。

· 1919 年　42 岁　以辛克莱的笔名发表《彷徨少年时》(原书名《德密安》*Demian*)，在青年群中掀起冲击的狂飙，以此获得方达诺奖，次年第十七版复以真名重刊，辞奖不受。是年离开玛莉亚夫人，移往瑞士南部的蒙达纽拉定居。刊行童话集《梅尔恩》(*Märchen*)，及随笔与短篇小说《小庭院》(*Kleier Garten: Erlebnisse und Dichtungen*)，热中于画水彩画。

· 1920 年　43 岁　《画家的故事》(*Gedichte des Malers*，诗与水彩画)、《流浪》(*Wanderung*，随想录、诗与水彩画)、《混沌之一瞥》(*Blick ins Chaos*，评论集)、《克林梭最后的夏日》(*Klingsors letzter Sommer*) 等出版。

· 1922 年　45 岁　《流浪者之歌》(原名《悉达多求道记》*Siddhartha*) 出版。

· 1923 年　46 岁　5 月，T. S. 艾略特来访。9 月，与第一任妻子玛莉亚正式离婚。每年秋末都到苏黎世附近的巴登硫矿温泉治疗坐骨神经痛与风湿病，如此有 30 年之久。获得瑞士国籍。

· 1924 年　47 岁　1 月，与露蒂·布恩卡结婚。妻子的母亲莉莎是瑞士女作家与画家。这次婚姻仅维持三年即告破裂。

· 1925 年　48 岁　出版《温泉疗养客》(*Kurgast*)。秋天，到德国南部的三个城镇旅行，在慕尼黑遇见了托马斯·曼。爱好卓别林的电影，对幽默与讽刺开了眼界。

・1927 年　50 岁　《荒原狼》(*Der Steppenwolf*) 出版。跟第二任妻子露蒂离婚。与妮侬·杜鲁宾相识，后结为终身伴侣。《纽伦堡之旅》(*Die Nürnberger Reise*) 出版。

・1929 年　52 岁　把 20 年间最重要的诗作集为《夜里的安慰》(*Trost der Nacht*) 出版。开始撰写《如何阅读世界文学》(*Eine Bibliothek der Weltliteratur*)。逐渐恢复健康。

・1930 年　53 岁　《知识与爱情》(*Narziss und Goldmund*) 出版。

・1931 年　54 岁　11 月，与学养丰富的美术家妮侬·杜鲁宾结婚。开始撰写《玻璃珠游戏》。

・1932 年　55 岁　出版《东方之旅》(*Die Morgenlandfahrt*)。为了纪念歌德逝世一百周年，发表《感谢歌德》(*Dank an Goethe*)。

・1935 年　58 岁　《寓言集》(*Das Fabulierbuch*) 出版。

・1936 年　59 岁　弟弟汉斯自杀身亡。获得瑞士最高文学奖凯拉奖。

・1939 年　62 岁　第二次世界大战爆发。黑塞在当时纳粹的德国是"不受欢迎的作家"。印刷用纸配给也被停止。

・1943 年　66 岁　在瑞士出版 20 世纪伟大的巨著《玻璃珠游戏》(*Das Glasperlenspiel*) 二卷。

・1944 年　67 岁　一生挚友罗曼·罗兰去世。德、日军败势日增。

· 1945年　68岁　第二次世界大战结束。出版短篇与童话集《梦的痕迹》(*Traumfährte*)。

· 1946年　69岁　接受法兰克福市的歌德奖，又荣获诺贝尔文学奖。发表献给罗曼·罗兰的评论集《战争与和平》(*Krieg und Frieden*)。此后，一直过着闲适安逸的生活。

· 1947年　70岁　纪德来访。伯尔尼大学授予黑塞名誉博士荣衔。

· 1950年　73岁　勃朗斯怀克市赠给黑塞拉蓓奖。

· 1951年　74岁　出版《后期的散文集》(*Späte Prosa*)、《书简集》(*Briefes*)。

· 1952年　75岁　庆贺75岁的纪念会在德国、瑞士等地举行。编成六卷的《黑塞全集》(*Gesammelte Dichtungen*)由兹鲁肯普出版社出版。

· 1954年　77岁　出版《黑塞与罗曼·罗兰往返的书信集》(*Hesse，R.Rolland，Briefes*)。西德总统颁发功绩(*Pour le Mérite*)勋章给黑塞。

· 1955年　78岁　获得德国书籍业商会和平奖。出版《往昔回顾》(*Beschwörungen*)。托马斯·曼去世。

· 1956年　79岁　在西德卡尔斯鲁厄市,设立"赫尔曼·黑塞奖"。

· 1962 年　85 岁　8 月 9 日，在蒙达纽拉的家中，因脑溢血于睡梦中逝世。安葬于鲁加诺湖畔圣阿邦第欧教堂墓地。

流浪者之歌
第一部分

婆罗门之子

　　在家屋的庇荫之中，在河边舟畔的阳光之下，在杨柳树和无花果的林荫里，这位英俊的婆罗门①之子悉达多②，就这样与他的朋友戈文达③一起长大了。他在河中做圣洁的沐浴时候，在花坛前做神圣献祭时候，太阳晒黑了他那浅嫩的双肩。光阴的流影，在他于芒果林中游戏的时候，在他母亲轻吟低唱的时候，在他父亲讲经说法、与那些饱学之士互相论道的时候，在他的眼前掠过。悉达多不但早就参加了学者们的交谈，以及与戈文达辩难教义的问题，而且早就与他一起静坐，一起修习禅观冥想的法门了。并且，对于"唵"④字真言，这个字中之字，所谓根本秘咒，也已知道如何默诵了——在吸气的时候暗自在心中默念，而当他尽其全力呼出的当儿，他的眉宇之间便流露出了纯洁的精神光辉。此外，对于在他心灵深处与宇宙合一而不可毁灭的神我⑤，也已知道如何参证了。

　　他的父亲心中，因有这个聪明而又好学的儿子，而充满了难以言喻的快乐；他一手将他抚养长大，眼看他就要成为一位伟大的学者、一位能干的祭司、婆罗门僧中的一位王者了。

他的母亲心中也有一种难以言喻的得意之情，尤其是在她看着他走路的时候，在坐下和起立的时候，在她看着强健、英俊、身手矫健的悉达多以十分优雅的神态向她请安问候的时候。

每当悉达多穿过城中的大街小巷时，他那副轩昂的眉宇、王者的眼神，以及修长的身影，都会在婆罗门少女的心湖之中激起阵阵爱的涟漪。

他的朋友，也是婆罗门之子的戈文达，比任何人都更爱他。他爱悉达多的眼神和他那种迷人的嗓音。他爱他走路的样子，爱他那种十分优雅的动作；他爱悉达多所做的每一件事和他所说的每一句话，尤其爱他那种澄明的智慧、热切的思想、坚强的意志、卓越的才能。戈文达知道他绝不会做一个平庸的婆罗门、一个懒散的祭司、一个巧嘴的贪婪商贩、一个徒然自负其实一文不值的演说家、一个邪恶而又狡猾的教士，更不会在羊群中做一只温驯的笨羊。不，就是他戈文达自己，也不愿成为这些人中的任何一种，也不愿成为数以万计的这种婆罗门僧中的一个。他要追随悉达多，这人人敬爱的、出类拔萃的人。并且，纵使他成了神，纵然他进入了光照一切的境界，他戈文达也要追随他，做他的朋友、他的伴侣、他的仆人，做他的卫士，做他的影子。

这就是人人都爱悉达多的心情，而他也讨每一个人的欢喜，并使每一个人感到快乐幸运。

然而，悉达多本人却不快乐。他在无花果园中的玫瑰色小径上漫步的时候，在树林的绿荫中打坐的时候，在每日必行的赎罪沐浴中洗濯手脚的时候，在阴凉的芒果林深处献供的时候，得到每一个人的敬爱，带给每一个人喜悦。然而，在他自己的心中，却没有任何喜悦可言。种种梦境和不安的意念，从河水之中，从夜空的闪烁繁星之间，从温煦的阳光里面，流到他的心田。种种的梦幻和一种灵魂的焦虑，从燔祭的烟雾升起，从《梨俱吠陀》^⑥的颂歌发出，从婆罗门老僧的说教下，流到他的脑海。

悉达多开始感到不满的种子在他的心中萌动。他开始感到，他的父母之爱，乃至戈文达的朋友之爱，都不会永远使他快乐，使他安静，使他满意，使他充实。他已开始怀疑，他那可敬的父亲以及其他的老师——那些聪慧的婆罗门——虽已尽力地将他们的智慧精髓传给了他，虽已毫无保留地将他们的全部知识注入了他那等着的容器，然而这个容器却未因此注满，他的知性仍未得到满足，他的灵魂仍未得到安逸，他的心情仍未得到平静。沐浴确实很好，但那只不过是水，既然不能将罪洗去，也就不能使痛苦的心灵得到解脱。向神献供和祈祷也很不错——但这就是一切了吗？献祭能够除苦得乐吗？诸神又会如何？这个世界果真是造物主⑦完成的吗？难道不是神我（宗教用语，梵语为 âtman，表示"自我""神我"）他（称上帝的第三人称代词）独自创造而成的吗？难道诸神不是被造得像你我一样具有形体，且像你我一样短暂无常吗？如此说来，祭神之事，还是正当的吗？还是一种合理而且必得去做的事吗？除了向他神我，向那唯一的至尊献供和致敬之外，我们不该向谁献礼？那么，神我又到哪里去找？他到底住在哪里？如果他那永恒的心脏不在自我的里面，不在内心的至深之处，不在人人与生俱来的永恒之中跳动，又在哪里？而这个自我，这个内心深处，又在何处？它既不是血肉和骨骼，也不是思想或意识。这是智者们所想的一切。那么，它在哪里？趋向自我，趋向神我——还有另一条值得寻求的道路吗？没有人指出这条路，没有人认识这条路——无论他的父亲、他的老师和智者，乃至那些圣歌，悉皆不知。婆罗门和他们的圣典知道一切，一切的一切；他们曾经深入一切——这个世界的造成、语言、食物、呼吸的起源、感官知觉的排列，以及诸神的作为。他们知道许许多多的事情；但是，如果他们不知道这一件重要的事情，不知道这唯一重要的事情，所有这些，还值得一顾吗？

圣典里面有不少偈颂,尤其是《娑摩吠陀》⑧中的许多《奥义书》⑨,都讲到这个最最内在的东西。有的经文这样写着:"你的心灵就是这整个世界。"经上说,一个人一旦入睡之后,便透入他的最内深处而安住在神我当中。这些偈颂里面含有微妙的智慧,所有一切圣者的知识,都以迷人的言辞记叙在这里面,纯粹得犹如蜜蜂所采的蜜一般。因此,由历代智慧的婆罗门加以搜集、保存的这种大量知识,是无法轻易略过的。可是,不但曾经成功地求得此种至深的知识,并且加以亲身体验而有所得的那些婆罗门、那些传道师、那些智者们,究竟在何处呢?那些在睡眠中证得神我,并可在清醒时、在生活上、随时随地在言词和动作中保持不下坠的入门者们,究竟在哪里呢?悉达多认识许多学有所成的婆罗门,尤其是他那位圣洁、博学、最受敬重的父亲。他的父亲确实令人心仪,他的举止真是安详、尊贵。他过的是一种善美的生活,他的言辞中充满智慧,他的脑海中有的是精微而又高贵的思想——可是,纵使他如此博学,他活得快乐吗?内心宁静吗?难道他不也还是一个永无餍足的追求者吗?难道他不也还是以一种难以满足的心情,在继续不断地去饮圣泉、去做燔祭、去读圣典、去参加婆罗门的学术讨论吗?他,一个无可指责的婆罗门,为什么还得每天都要去洗涤罪行、努力清洁自身呢?难道神我不在他的里面?难道那个本源不在他的心中?

一个人必须在他自己的自我之中寻求这个源泉，并且求而得之才行。所有其他一切的追寻，都是一种迂回、一种歧途。

所有这些，都是悉达多所想的东西；这就是他的渴念，就是他的烦恼。

他时常默诵《奥义书》⑩中的话："真的，梵⑪的名字是真理⑫。真的，知道它的人天天人天界。"它，这个天界，似乎距他不远，但他从未完全到达它，因而他也就一直没有消除他对这种究竟的渴望。而在他所认识并欣赏其教说的智者之中，也没有一个完全到过这个天界，因而也没有一个人完全消除这种永恒的渴念。

"戈文达，"悉达多对他的朋友说道，"戈文达，跟我到那棵榕树下面去，我们到那里潜修去吧。"

他俩来到大榕树下，在相隔二十步的地方坐下。他们坐下准备念"唵"字真言，悉达多轻柔地背诵了这样一则偈文：

唵是弓，心是箭，

婆罗门便是箭之靶，

应当始终不渝射向它。

惯常的打坐时间一经完了，戈文达便站起身来。此刻已是黄昏时分，该是晚间净浴的时候了。他呼唤悉达多，但他没有答腔。悉达多正在沉思打坐：他的两眼向前凝视，好像看着一个远方的目标；而他的舌尖则微微显露在齿牙之间，他的呼吸似乎已经屏住了。他就是这样静静地坐着，凝神专注于他的禅定，观想着"唵"字，以他的心灵作箭，向婆罗门射去。

一天，一些苦行沙门⑬路过悉达多所住的城市。他们是三位居无定所的行脚苦行僧，年纪不老不少，但皆瘦骨嶙峋，疲惫不堪，而且满身灰尘，肩头流血，近乎赤裸，被太阳晒得焦黑，一副孤单、奇异以及恨世的神情——犹如三只干枯的野狼，来到人世间。他们浑身散发着一种泯灭情欲、坚忍修行，以及毫不怜惜地否定自我的气息。

晚上，过了打坐时间之后，悉达多对戈文达说："我的朋友，悉达多明天早晨就去加入那些沙门，他已决定要做一名苦行沙门了。"

戈文达听了这两句话，又从他这位朋友不动声色的脸上看出了他的决心，好像离弦的箭矢一般，绝无改变的可能，禁不住脸都发白了。戈文达乍一瞥他这位朋友的脸色，便体会到这事就要开始了。悉达多就要走他自己的路了，他就要开展他的命运了，而与他的命运结合在一起的，是自己的命运。因此，忽然之间，他面色苍白，犹如一张干枯了的香蕉

"噢，悉达多，"他叫道，"你的父亲会允许你去吗？"

悉达多犹如大梦初醒一般，朝他的朋友瞧了一眼。但如闪电一般，他立即看出了戈文达的心思，看出了他的焦虑、他的听天由命。

"戈文达，我们不必浪费言辞，"他柔和地说道，"明天一早我就开始过沙门的生活，不要再为这事讨论了。"

悉达多进入室内，他的父亲在那里的一张高级木皮垫上面打坐。他走到父亲的背后，定定地站在那儿，直到他的父亲感觉到他的临近。"是你吗，悉达多？"他的婆罗门父亲问道，"那就说说你心里想些什么吧。"

悉达多说："既然蒙您允许，那我就来向您报告：我想明天出家去修苦行，我想去当沙门。我相信父亲大人不会反对这个事情。"

他的婆罗门父亲沉默了很久很久，一直到天上的星星移过那口小小的窗门而改变了它们的图形，室内的那片沉寂还是没有打破。他的儿子合着双手，一动也不动地站在那里，不发一言；而做父亲的，也一动也不动地坐在那张垫子上面，默不作声。只有星星在天空移动。之后，他的父亲终于开口说道："身为婆罗门僧人，似乎不宜口出怒言，而我的心中很不满。我不愿意再听到你提出这种请求。"

他的父亲缓缓地立起身来。悉达多仍然默默地合着双手站在那里，不发一言。

"你还在等什么？"他的父亲问。

"您知道为何？"悉达多答道。

他的父亲很不高兴地离开了那个房间，躺到了床上。

一个钟头过去了。这位婆罗门难以入眠，于是他爬起身来，在房内来回踱步，而后步出了家门。他向那敞开着的小窗望去，看到悉达多仍然站在那里，合着双手，动也不动。他可以看到儿子的白色长袍在那里发着微光。他忧心忡忡又回到了他的床上。又一个钟头的时间过去了。这位婆罗门仍然未能入睡，于是爬起身来，在房中来回踱步，然后走出家门，眼见月亮已经升起。悉达多合着双手，仍然站在那里，动也不动；月光照射在他那双赤裸的脚踝上面。他的心里骤然烦躁起来，再度返回他的卧榻。

隔了一个钟头，他又走了回来；隔了两个钟头，他又来了一次，从窗口望去，只见悉达多站在那儿的月光中，星光下，黑暗里。而他一再地来临，一个钟头接一个钟头，默默地窥视房中，见到悉达多仍然站在那儿，动也不动。他的心中充满了愤怒，充满了焦虑，充满了恐惧，充满了烦厌。

而在这一夜的最后一个小时，在天尚未破晓之前，他又转了回来。他进入室内，只见这个青年仍然纹丝不动地站在那里。他感到他又高又大，似乎成了一个陌生人。

"悉达多，"他终于开口了，"你为什么还在等待？"

"您知道为什么。"

"你要这样站着等下去，等到天亮，等到中午，等到黄昏？"

"我要站着等待。"

"你会站累的，悉达多。"

"我会站累的。"

"你会睡着的，悉达多。"

"我不会睡着的。"

"你会站死的，悉达多。"

"我会站死的。"

"难道你宁愿站死也不愿服从你的父亲？"

"悉达多一向服从他的父亲。"

"那你愿意放弃你的计划了？"

"悉达多愿做他的父亲叫他做的任何事情。"

白天的第一道曙光透进了室内。这位婆罗门看出悉达多的两膝在微微发抖，但他的神情十分坚定，两眼只是望着远方。于是，这位父亲终于体会到：悉达多已经不再能够跟他一起待在家中了——他的心已经离他而去了。

他以手摸摸悉达多的肩膀。

"你可以入山修道，去做一个苦行沙门。"他说道，"假如你在山中证得极乐，回来传授给我；假如你证得幻灭，那也回来，好让我们重新一同向神献供。去吧，去向你母亲吻别，把你的去处告诉她。时候不早了，我该到河中去做今天的早浴了。"

他将他的手从儿子的肩上收回，转身向外走去。悉达多蹒跚着举步前进。他努力稳住自己，向他的父亲躬身作礼，然后遵照父亲的嘱咐去向他的母亲辞别。

他挪动着站麻了的双脚，在天刚破晓的时分缓缓离开那个仍在睡眠中的城市，而在走过最后一间茅屋之时，一个蹲着的影子跟了出来，加入这个入山求道的行列。那是他的朋友戈文达。

"你来了。"悉达多说道，脸上露出了笑容。

"我来了！"戈文达应道。

【译注】

① 婆罗门（Brahmin），佛教学者多称之为梵志，为天竺（今之印度）四姓（种族阶层）之一，具云"婆罗贺摩挐"，又云"没罗憾摩"（皆古代梵文译音），译为"外意""梵志""净行""净志""静志"等，为奉事大梵天（神）而修净行之一族。《玄应音义》十八曰："婆罗门，此音讹略也，应云婆罗贺

摩挈，此义云承习梵天法者。其人种类自云从梵天口生、四姓中胜故，独取梵名，唯五天竺（印度东南西北中部）有，诸国即无。经中梵志，亦此名也，正言静胤，言是梵天之苗胤也。"《俱舍光记》一曰："婆罗门法，七岁以上在家学问；十五已去，学婆罗门法，游方学问：至年四十，恐家嗣断绝，归家娶妻，生子继嗣；年至五十，入山修道。"又，婆罗门所传为"婆罗门教"（Brahminism），亦为印度所特有，以"梵我一如"为其追求的最高境界。《佛学大辞典》解释云：古昔婆罗门专奉之教法也，中有种种派别，而大要以梵王（神）为主，以四《围陀论》（今译《吠陀经》）为经。《大日经疏》二曰："于彼部类中气梵王犹如佛，四韦陀（'吠陀'之别译）典犹如（佛教）十二部经，传此法者犹如和合僧。时彼闻如是等三宝（'佛''法''僧'），欢喜归依，随顺修行。"又，婆罗门所居之国为"婆罗门国"，亦即今印度之别名。《大唐西域记》曰："印度种姓，族类群分，而婆罗门殊为清贵，从其雅称传以成俗，无云经界之别，总谓婆罗门国焉。"婆罗门与佛教关系颇深，亦时有接触，佛经中有《婆罗门子命终爱念不离经》（《中阿含经》中《爱生经》之别译）一卷，说梵志丧子，愁忧见佛，佛言："爱生，便生愁忧。"后因波斯匿王之请，广陈其义，而成此经。

② 悉达多（Siddhārtha or Sarvārthasiddha），简译"悉达"，又作"悉多""悉陀""悉多颇他"，正音"萨婆曷刺他悉陀"，意为"一切义成"或"有愿皆成"。为释迦牟尼佛诞生时所取的名字，在此虽非直指佛陀其人，但在含义上，亦不无关联，甚有以此指其为"小释迦"者，亦非没有意义。

③ 戈文达（Govinda），据今译"博伽梵歌"（Bhagavad-gitā）原本的术语解释说，原为毗湿奴（Krsna or Krishna-印度教三大神之一的毗湿奴的第八化身）的名字，意为"赐予土地、母牛及感

官快乐者”，在此似乎仅用以作为一位随佛听闻正法的“声闻”弟子之名。

④ 唵，古译“乌菴”，新译“嗡”为真言或秘咒的起首字，据《中英佛学辞典》解释说，它是一个表示庄重誓言和恭敬赞同的字眼（有时可译为“是”“真的”“一言为定”，以此而言，可以此作基督教的“阿门”），又说它是“印度语三元音的神秘名称”，所以又有其他种种含义。此字被佛教，尤其是密宗或真言宗采取，用以作为一种神秘的咒语，并作为观想的对象（字轮）。它被用于某些复合神咒的起首，例如“唵嘛呢叭咪吽”或“唵摩尼钵头迷吽”（Om mani padme hūm），意为“祈求莲上宝珠”，而这六字（俗称“六字真言”或“六字大明”）则被喇嘛用作祷文，以之祈求莲花手菩萨（Padmapāni）（或云观世音菩萨或其化身），据说字字皆有不可思议的效验，可使在下三道（饿鬼道、畜牲道、地狱道）轮回的亡魂因而超脱得以往生极乐世界云云。又据《佛学大辞典》载：胎藏界之陀罗尼（秘咒或真言），冠“曩莫”之语，金刚界之陀罗尼冠“唵”之语。《秘藏记》末曰：“唵字有五种义：一、归命；二、供养；三、惊觉；四、摄服；五、三身。”有名“唵字观”者，系以“唵”字观法身、报身、化身三身字义为观想对象而修的观想法门。有“释迦观唵字成佛”之语，据《守护国经》九载“释迦成佛记”云：“于鼻端观想净月轮，于月轮中作　字观。”又有“唵阿吽”三字真言，《安像三味仪经》曰：“诵此真言己，复想如来如真实身，诸相圆满。然后以‘唵阿吽’三字，安在像身三处：用‘唵’字安顶上，用‘阿’字安口上，用‘吽’字安心上。”本书所引“唵”字真言，毕竟如何，不得而知，唯据某些朋友说，此字发声出于头腔，可与整个宇宙共鸣而起感应，确有不可思议之效用，云云。参见后面“在岸边”译注①。

⑤ 神我（Atman），亦作“阿怛摩”（Atma），意为“自”或

"我"合言"自我",用指灵魂或永恒的真我,或称"神我",此处所指,当系后者。

⑥《梨俱吠陀》(the Rig-Veda),"吠陀"(Veda),亦译"围陀""韦陀"(护法神韦陀无涉)"毗陀""违陀""皮陀""薛陀"("陀"亦作"驮"),新译《博伽梵歌》字汇解释云:《吠陀经》,计有四部, 一曰"梨俱"(Ŗg),二曰"耶柔"(Yajur),三曰"娑摩"(Sāma),四曰"阿达"(Athasa)。《佛学大辞典》"吠陀"条释云:"婆罗门之经书也。"又"韦陀"条云:译曰"明智""明分"等,婆罗门经典之名也,大本别为回分。《西域记》二曰:"其婆罗门学四吠陀论,曰毗陀,讹也。一曰寿,谓养生,缮性;二曰祠,谓享祭,祈祷;三曰平,谓礼仪、占卜、兵法、军阵;四曰术,谓异能、伎(技)数、禁咒、医方。"《金光明最胜王经》慧沼疏五曰:"四明法,即四薛陀论,旧曰韦陀或毗伽罗论,皆讹也。一、颜力薛陀,此云寿明,释命长短事;二、耶树薛陀,此云祀明,释祀祠之事;三、娑摩薛陀,此云平明,平是非事;四、阿达薛陀,此云术明,释伎(技)事。"《摩登伽经》上曰:"昔者,有人名为梵天,修习禅道,有四大知见,造一围陀,流布教化。其后有仙,名曰白净,出兴于世,造四围陀:一者赞诵,二者祭祀,三者歌咏,四者禳灾。次复更有一婆罗门,名曰弗沙,其弟子众二十有五,于一围陀,广分别之,即便复为二十五分。次复更有一婆罗门,名曰鹦鹉,变一围陀为十八分。次复更有一婆罗门,名曰善道,其弟子众二十有一,亦变围陀为二十一分。次复更有一婆罗门,名曰鸠求,变一围陀以为二分,二变为四,四变为八,八变为十六,如是展转,凡千二百六十有六种。是故当知,围陀经典,易可变易。"案《吠陀》者,印欧语系中最古之文献,印度最古之圣典也,集阿利亚民族、从中央高原而下、至印度五河流域、占居云山西麓、恒河流域间之赞歌,为婆

罗教之圣典，由奉事梵天、受持围陀论之韦陀论师（亦称韦陀梵志）研究、传授之。摩文开先生在其所著《印度三大圣典》自序第二节中说："《吠陀经》产生的年代，约当公元前一千五百年到前一千年间的五六百年间。这是古代印度留传下来的作品，也是世界上最早书籍之一。"又说："《吠陀经》有四部，而以梨、俱、吠、陀（意译为'诵、赞、明、论'）为主干。这是亚利安人移居到印度河上游地方时期的作品，共一千零十七篇，分辑为十卷，内容大多为对诸神的赞歌，因应用于祭典而保存下来的。因为这是当时人民对自然现象的自然流露，印人称之为'神圣的天启'。最初是口口相传流布于各地，后来由七个家族分别保存下来，印人遂认系七圣所作，为天启的圣典，借七位圣人的口而宣示的。其他《沙摩吠陀》（《歌咏明论》）、《夜柔吠陀》（《祭祀明论》），都系由《梨俱吠陀》分化而来；《阿达婆吠陀》（《怀灾明论》）为印度原有土著达罗毗荼人等流传的消灾、降福、调伏、除垢（密宗有'息''增''怀''诛'之法，或本于此——译赘）等咒文，为亚利安人吸收，采用到祭典中去，而最后取得第四《吠陀》地位的。"又说："《吠陀》时代的后期，因亚利安人祭祀时有四种祭官，各有其所应用的颂文祷词，遂分别编集为四部《吠陀》经，其编集时期约在公元前一千年到前八百年间。一其成立的年代，史家称之为'吠陀经时代'。"

⑦ 造物主（Prajapati），音译"钵罗若（钵多曳）"，意为"生主"，释为生生不息的梵天。《佛学大辞典》有"钵罗若（钵多曳）"条云："梵天名，即其真言也。钵罗若为一切生之义；钵多为主之义：曳为助声：所谓'一切众生之主'也。一切众生因梵天而生，故名一切生主。而实众生无始，是非梵天所生，如来亦如是。以世间一切善，皆自佛心生之故，又不见如来之终始，故名为世间之父。然实众生之佛性，前际无始，

是非如来所生也。以最初之钵罗字为真言之体，钵是第一谛最胜之义。罗为尘垢之义，入阿字门，则成净法界。不为尘垢所染，即是莲花胎藏也。一切之佛子亦如是，自最胜之胎藏藏生，是故名为最胜子，末句加曳字，故名为'梵天乘'。见大日经义释七，演密钞七。"

⑧ 娑摩吠陀（Sama-Veda），为"四吠陀经"的第三部。主要内容为歌咏，故译为"歌咏明论"，详见本章译注⑥。

⑨ 奥义书（the Upanishads）音译为"优钵尼萨昙""邬波尼杀昙""优波尼沙土""优波尼沙陀"，部类很多，据统计共有一百零八种，为古代印度六派哲学所本。《佛学大辞典》有"优波尼沙土"条云：记述古印度哲学之根本思想者，非一人所作，亦非一时所编，故不能确定其成立之年代，但视为出于西历前七至八世纪者，似无大差。盖印度之宗教，以吠陀之赞诵而始，后有说其用法及仪式为目的之佛罗般摩那者起，其中有所谓阿兰若迦之章，所说甚极幽微森严。优波尼沙土即为说明之而起者，于宇宙之原始，诸神之性质，精神、物质之本性及其关系等，作哲学的解释，颇富神秘与譬喻，此所以为所谓六派哲学所出之源泉也。此书出之时代，史家称之为"优波尼沙土时代"。又"优婆尼沙昙"条云：吠陀后所出佛罗般摩那文学之末期，有时属于阿兰若迦部分之一大文学，谓之"优波尼沙昙"，其数极多，其内容、思想之倾向：盖论宇宙之本源，造化之本体，确立印度思想之"梵我不二"大义，脱婆罗门传说之宗教色彩，为纯然自由思索之哲学，此其特色也。今印度有二种优婆尼沙昙：一有五十二种，一有百八种。五十二种为印度学者间所公认之定数，百八种唯存于南印度。法之婆娄德氏以为总数有二百五十种，德之葛勃罗氏列举二百三十五种。其中属于"四吠陀"而为世所承认者，约五十种，分之以新旧，属于最古之"三吠陀"，即"利俱""撒门""雅求斯"者十一种，称为"古优婆尼沙昙"，属

于第四吠陀，即"阿答楼华"者三十九种，谓之"新优婆尼沙昙"。其译本有波斯译、罗甸译、德译、及英译四种。糜文开先生在其所著《印度三大圣典》自序第四节中说："吠陀时代末期，婆罗门阶级既掌握了宗教权，为扩张本身的势力，便规定种种繁琐的祭仪，来束缚其他各阶级，并将此等祭仪附入由他们辑集的四吠陀之后，对于全部关联于祭典之事项，一一附以因缘、故事、来历，而以散文解释之，以树立他们的婆罗门主义三大纲领：一、吠陀大敌主义；二、祭祀万能主义；三、婆罗门至上主义。这吠陀本典附人的部分，称为'梵书'（Brahmana）。但这种形式主义、教条主义，怎能满足人心？而且两三百年后，婆罗门僧侣往往只知借祭祀、诵经以图利，生活腐化，因此，'把我们的思想激发起来'的呼声，又在婆罗门学者的心中响起来，他们便在梵书的最后一部分（梵书卷末'森林书'的附属部分）以阐释吠陀终极意义为宗旨，继吠陀末期的哲学思想，发挥他们的新见地，梵书的这一部分便称为'吠檀多'（Vedanta=Veda+anta=吠陀之末），原意或为吠陀的最后部分，后转解为'吠陀的究竟义'。这吠檀多的发展，受人特别重视，成为后代各派哲学的根源，而以另一名称'优波尼沙昙'闻名于世。优波尼沙昙为Upa+Ni+sad（意为'近坐'）的合成语，谓弟子侍坐于父师，方秘传以奥义，所以意译为《奥义书》。"并在书中列举"圣徒格耶奥义书"（Chandogya）之十二对婆罗门僧侣作尖刻讽刺的"群犬的唵声"一节，以窥一斑：

……

伐迦大尔勃亚外出背诵吠陀。

一只白狗出现在他面前，而一群狗聚集拢来，围绕着白狗，向它说："尊者啊，请诵经使我们得食，我们正饿着哩！"

白狗对它们说："明天早上来会我！"

伐迦大尔勃亚守候着。

次晨，群犬来了。它们结队而行，像僧侣（歌咏者）准备歌唱坛外涤秽词（Vahi-shpavamana）所做的样子；后面的狗衔着前面的狗尾，鱼贯前进。它们都坐下以后，便开始哼起来：

"唵！让我们吃！

"唵！让我们喝！

"唵！愿神圣婆楼那和生主及萨维得丽给我们食物！

"食物之主啊！请带食物来这里吧！

"请带食物来这里吧！唵！"

⑩ 圣徒格耶奥义书（the Chandogya-Upanisads），或译"歌咏祭司奥义书"，属沙摩吠陀，共八篇，一百五十三章，参见前面译注⑨、⑧、⑥及④。

⑪ 梵（Brahman），今译"博伽梵歌原本"所附字汇解释为：一、无限小的精灵；二、基士拿全面通透的非人性模样；三、具有至尊无上性格的神首；四、整个物质本体。英汉宗教字典的解释是：一、梵；二、婆罗门祭司；三、为印度神圣阶级之一，伊等自言出自大神梵天之口。英汉佛学辞典的解释有：宗教的敬信，祈祷，一种圣典文字或咒文，神秘字母唵，圣学，宗教生活，非人格的最高神明，绝对者，祭司或神圣阶层，其意为"净"，"离欲清净"，由此而来的复合名词，不胜枚举。《佛学大辞典》云：梵摩或勃嚂摩婆罗贺摩，没罗憾摩，梵览磨等之讹略，谓梵天世。婆罗门为梵天之苗裔而行梵法，故婆罗门亦云梵忘，译作寂静，清净，净洁，离欲等。色界诸天离淫欲而清净，总名曰梵天，其中初禅天中之王曰大梵，一名梵王。又佛为婆罗门，故亦称梵，清净者之意也。《俱舍论》二十四曰："真沙门性，经亦说名是婆罗门性，以能遗除烦恼故……佛与无上梵德相应，是故世尊犹应名梵。由契经说，佛亦名梵。"又"梵志条"云：志求梵天之法者云梵志。瑜伽伦记十九曰："梵者，西国音，此翻为寂静，谓涅　也。志是 此方语，志求于梵，故云梵

志也。"《演密钞》二曰:"梵志者,梵,净也,谓以净行为志者,名为梵志。"又对尼干子谓在家之婆罗门云梵志,《法华文句记》九曰:"在家事梵,名为梵志,出家外道,通名尼干。"又,一切外道之出家者名梵志,《智度论》五十六曰:"梵志者,是一切出家外道,若有承用其法者,亦名梵志。"参见本章译注①。

⑫ 真(Satya),亦译"谛",具言"真谛"亦即现代所说的"真理",音译为"萨眵也""萨底也"。亦通"真际""真如""实相"。《佛学大辞典》有"真谛"条云:二谛之一,真谓真实无妄;谛,犹义也。对俗谛言。如谓世间法为俗谛,出世间法为真谛是也。

⑬ 沙门(Samanas or Sramana),亦译"桑门""娑门""丧门""沙门那""舍罗磨挐""沙迦懑曩""室摩那挐",古有统辖天下僧徒之僧官,名"沙门统"。《佛学大辞典》有"沙门"条云:译曰息,息心,静志,净志,乏道,贫道等,新作室摩即挐,舍罗摩挐,室罗摩挐,沙迦懑曩;译曰功劳,勤息,劳劬修道之义也;又,勤修息烦恼之义也。原不论外道、佛徒,盖为出家者之总名也。又有"四种沙门"名目云:"一、胜道沙门,佛与独觉,自能觉者;二、示道沙门,如舍利佛说法示道者;三、命道沙门,如阿难,以戒、定、慧为命者;四、污道沙门,犯重之比丘,律云'摩诃罗',谓比丘喜盗他物者。"见《俱舍论》十五。又:"一、胜道沙门,禀佛出家,能减烦恼而证胜道者;二、说道沙门,己断惑证理,能宣说正法、使众生入佛道者;三、坏道沙门,坏梵戒、行恶法者;四、活道沙门,能调服烦恼、勤修诸有之善法,能使智慧之命根生长者,即前之命道沙门也。"见《瑜伽论》二十九。

入山苦修

那天傍晚，他俩赶上了那些苦行沙门，要求跟他们为伍，并皈依他们。他俩得到了接纳。

在途中，悉达多将他身上的衣服送给了一位穷苦的婆罗门，只留一条缠裹下身的腰布，和一件脱了线的土色披风。他每天只吃一餐，绝不自炊。他断食 14 日。他断食 28 天。双颊和两腿上的肌肉消陷下去了。他那双深陷的眼睛反映了怪异的梦境。指甲在他那些瘦削的手指上长长了，猪鬃样的胡茬在他的下腭出现了。遇到女人时，他以冷眼相待了；路过衣着华丽的镇市时，他撅起双唇，表示厌恶。他冷冷地看着商人买卖，王子出猎，哭丧的人向着死者悲泣，妓女出卖她们的肉体，医生诊治他们的病患，祭司为人择日播种，情侣彼此挑逗，为人母者安抚她们的子女——所有这一切皆不值一顾，一切的一切都在哄骗，都发着谎言的气息，都是感觉，快乐，以及美丽事物的幻影：一切都将坏朽。世间无常，人生是苦。

悉达多只有一个目标——空掉一切。空掉渴爱，空掉欲念，空掉梦想，空掉快乐和烦恼——好让自我消灭。不再成为自我，以便享受空心的安逸，体验清净的意念——这就是他的目标。自我一旦完全征服，消灭，情欲一旦完全沉寂，那时，那最后的究极，那不再是自我的存在核心，就会觉醒——这才是伟大的奥秘！

默然地，悉达多伫立在火热的阳光之下，充满痛苦和饥渴，定定地立着，直到他不再感到痛苦和饥渴。默然地，他伫立在冰冷的雨水之中，让雨水从他的发上滴到他那冻僵的双肩，流到他那冻僵的臀部和两腿。而这位苦行僧定定地站着，直到他的双肩和两腿不再感到冰冻，直到它们沉默下来，直到它们完全平静。默然地，他蹲身于荆棘丛里，血从他那刺痛的皮肉流出，形成溃疡，而悉达多依然如故，一动也不动，直到不再有血流出，不再有刺痛，不再有酸疼。

悉达多直直地坐着，学习省息的功夫，逐渐减少呼吸，乃至完全屏住。他在吸气的时候练习使心跳平静，逐渐减少心跳的次数，乃至少之又少，直到近乎完全没有。

在年长沙门的指示之下，悉达多依照沙门的清修办法，修习自我的否定和观想法门。一只鹭鸶飞过竹林的上空，悉达多便将那只鹭鸶摄入他的心中，飞过森林和山岳的上空，化而为一只鹭鸶，捕食水中的鱼虾，忍受鹭鸶的饥饿，使用鹭鸶的语言，作为一只鹭鸶死去。一只死了的野狼躺在河边的沙滩之上，悉达多的心识便钻进它的尸身之中：他变成一只死了的野狼，躺在岸旁，肿胀，发臭，腐烂，被鬣狗分解，让苍鹰啄食，成了骷髅，化为尘土，随风飘扬，混入大气。而悉达多魂兮归来，而后又死亡，腐朽，化为尘土，品尝生死轮回的痛苦历程。他带着新的渴欲，像一位猎者一样，在生死轮回结束、因果循环停止，而没有痛苦的永恒展开的悬崖之处等着。他宰了他的感觉，他宰了他的意念，他以千种不同方式溜出他的自我。他变成动物，尸体，石头，木头，河水，而每一次又觉醒过来。日月发光，他又成了自我，复入轮回的圈子，感到渴欲，征服渴欲，复又感到渴欲。

悉达多跟那些苦行沙门学了不少东西，他学到了许多消除自我的办法。他透过痛苦，透过痛苦的欣然领受和征服，透过饥渴相疲劳，循着自我否定的道路前进。他静坐默想，以空掉一切心相的办法，依照自我否定的路线前进。他从这些以及其他种种门路学习前进。他每日亡我千次，到了天黑便住在空无之中。然而，这些道路虽然将他引离了自我，但到末了它们重又将他带回自我。悉达多尽管避开自我千次，住于空无之中，住在动物和石头里面，但免不了仍要返回自我；他无法避免再度发现自我的时候，不论是在日光下还是在月光下，不论是在阴影中还是在雨水之中，总会再度成为自我和悉达多，总会再度感受到那种沉重的生死轮回之苦。

在他一旁的是戈文达，他的影子；他也走着同样的道路，做着同样的功夫。除了必要的仪式和功课之外，他俩很少交谈。有时候，他俩一齐到村中托钵，为他们自己和他们的老师乞食。

"戈文达，你认为怎样？"某次上路乞食时，悉达多如此问道，"你认为我们有没有进步？我们达到目标没有？"

戈文达答道："我们已经学了，现在仍在进修之中。悉达多，你会成为一位大沙门的。每一种修法你都学得很快。那些老修行时常赞赏你。悉达多，你总有一天会修成一位圣者的。"

悉达多应道："我倒不以为然，朋友。到现在为止，我从那些老沙门学到的，如果在酒家里学，在娼寮里学，在贩夫走卒和赌徒之间学，也许还要快些，还要容易些。"

戈文达说道："悉达多，别开玩笑了。在那些下三滥中，你怎会学到静坐观想？怎会学会屏住呼吸？怎会学成不知饥饿和痛苦？"

于是，悉达多喃喃地说道，好像自言自语一样："什么是静坐观想？什么是舍弃身相？什么是斋戒断食？什么是屏住呼吸？那是逃避自我，只是暂时避开一下自我的磨折而已，只不过是暂时缓和一下人生的痛苦和愚妄罢了。赶牛的也会做这样的逃避，也会使用这种暂时的缓冲剂——只要到酒家去喝几碗黄汤或可口牛奶就行了。只要两碗下肚，他就不再感到人生之苦了；那时，他就体会到暂时的安慰了。一时他伏在酒碗上面呼呼大睡，他就达到悉达多和戈文达长期苦修和住于无我所达到的逃避身相之境了。"

戈文达说道："你虽如此说，但是，我的朋友，你总知道：悉达多不是赶牛的，苦行沙门也不是酒鬼。酒鬼虽可逃避一下，虽然可以求得暂时的缓刑和休息，但他终究难免感到幻灭而发现一切依然故我。他既不会变得智慧一些，也不会得到任何知识，更不会得到任何长进。"

悉达多面带微笑地答道："这可难说。我从来不曾醉过。但我悉达多在这些修炼和观想里面所得的，只是一种短暂的喘息，距离智慧，距离解脱，仍然遥远，仍跟未出娘胎的孩子一般。戈文达，这是我知道的。"

又一次，当悉达多和戈文达两人为了他们的师兄弟和老师到山林外面去乞食时，悉达多再度开口说道："好吧，戈文达，我们走上正道了么？我们是在求知么？我们在走向解脱么？也许，我们——本来要逃避轮回之圈的我们——也许正在绕着圈子走吧？"

戈文达说道："悉达多，我们已经学了不少东西，仍有很多东西要学。我们并不是在绕着圈子走，而是在向上前进。这是一条螺旋形的道路，我们已经升了不少层级。"

悉达多问道："那位年纪最长的沙门——我们那位可敬的师父，你想他有多大岁数了？"

戈文达答云："我想最老的大概有六十岁左右了。"

于是悉达多说："他已六十岁了，还没有达到涅槃①的境界。他将修到七十岁、八十岁，而你和我，我们两个，也将活到他那一把年纪，也将修行，持戒，观想，但我们将不会达到涅槃的境地——不论是他还是我们，谁都不会达到。戈文达，我敢说，在所有的苦行沙门中，恐怕没有一个会达到涅槃的境界。我们寻找安慰，我们学习自欺的妙诀，但那最根本的东西——至道——我们却没有追求。"

"悉达多，不要说这样绝的话，"戈文达说道，"怎么可能？在这么多的饱学之士中，在这么多的婆罗门中，在这么多严谨可敬的沙门中，在这么多的求道者之中，在这么多献身内在生活的虔敬修行者中，在这么多的圣者之中，没有一个人会求得至道，怎么可能？"

然而，悉达多，却以一种含有悲哀、嘲讽、半带感伤、半带打趣的语调，轻柔地说道："不久，戈文达，你的朋友就要离开这些沙门所走的道路了；他在这条路上走得太久了。戈文达，我有饥渴之苦，但在这条沙门道上追求了这么久，我这种饥渴并未因此稍减。我一直在追求知识；我的心中总是充满了疑问。年复一年地我向饱学的婆罗门请教，年复一年地我向神圣的吠陀经叩询。戈文达，如果我向犀牛或猩猩讨教，或许也一样适当，一样明智，乃至一样神圣。戈文达，我已经花了很久的时间，而今仍未了结，只为了习知这个，不是学习可以知晓的那个。戈文达，我相信，万法的本质里，具有某种不可称为学识的东西。朋友，世间只有一种学识——那就是神我——它无所不在：在我里面，也在你里面，在一切造物里面。而我开始相信，这种学识的最大敌人，莫过于知识分子；达到它的最大障碍，莫过于知解学问。"

戈文达听了这一番话，停在途中不动了；他举起两手说道："悉达多，不要用这样的话来泄你朋友的气。说真的，你的话扰乱了我的心境，使我感到非常烦恼。想想看，假如，我们的神圣祷文，圣洁的沙门，可敬的婆罗门，像你说的那样没有意义，那会怎样？悉达多，那样的话，一切的一切，将会变成什么样子？世上还有什么神圣的东西？还有什么值得珍惜和敬重的东西？"

接着，戈文达自言自语地，对他自己背诵了一首诗偈——一首引自奥义书的颂文：

以善观的净识契入于神我，

使知极乐之境不可以言宣。

悉达多默然无语。他对戈文达诵出的偈语沉吟了好一阵子。

不错，他低头伫立，在心里沉吟道：在我们似是神圣的那一切，还剩些什么？毕竟还剩什么？还有什么可以保存的？因此，他摇了摇头。

某日，这两位青年与那些沙门同住同修大约三年之后，忽然有一个谣言，一个传说，从许多方面传到他们那里，说有一个名叫瞿昙②，敬称世尊③，又号大觉佛陀④的人，出现于世了。他不但已经征服了世间的烦恼同时也使生死轮回的循环止住了。他在一群门徒的环绕之下周游各地，随处说法度人，没有家室，不蓄财物，身披一袭黄色的袈裟，但气宇轩昂，确是一位圣人。许多婆罗门和王侯都拜倒他的脚下，成为他座前的听法弟子。

这个消息，这个谣言，这个故事，到处传播，随处可闻。城中的婆罗门在谈这个新闻，林中的沙门也在谈它。大觉世尊的名字不断传扬，传到了青年们的耳中，其中有的说好，有的说坏，褒贬毁誉，不一而足。

正如瘟疫传播全国一样，这个谣言传布说：有一个人，一个智者，一个博学之士，他只要三言两语，乃至吐一口气，就足以治愈一个罹病的人，而当这个消息传遍全国，人人都在谈论的时候，深信不疑的人固然很多，疑而不信的人也不在少数。但在这当中，也有许许多多的人，立即登途寻找这位智者，追求这位泽及大众的人。这个消息就这样传播着，这个令人高兴的新闻就这样报道着：这位出自释迦⑤王族的大觉世尊，正在周游各地，随处说法度生。信他的人都说他有大智慧；他可以记得前生前世的生活情形；他已达到涅槃的境地而不复再受轮回之苦，再也不会落入众生的烦恼中了。传说中报道了许许多多微妙而又不可思议的事情；有人说他行使了种种奇迹，征服了魔鬼头子，曾与诸神面对而谈。然而，反对和怀疑他的人却说，这个瞿昙是个好吃懒做的骗子；说他天天过着奢华的生活，轻视祭仪，污秽不洁，既不会修身养性，又不肯洁身自爱。

有关佛陀的传闻听来很有吸引力；这些报道的里面的确是含有一种法力。这是一个多病的人间，生活殊为不易，而这时似乎有了新的希望，这儿似乎有一种信息，里面充满慰安、温和而又美好的许诺。有关佛陀的消息到处传播，整个印度各地的青年都听到了，因而激起了一种仰慕和希望。而在城市和乡村的婆罗门子弟，对于外来的每一位香客和异乡人，莫不表示欢迎之情——只要他们带来大觉世尊释迦牟尼⑥佛的消息就好。

这些谣言传到了林中的沙门之间，也传到了悉达多和戈文达的耳中，每次只有一点小小的消息，每一个小小的条目，不是含着殷切的希望，就是带着浓重的疑问。他们很少谈论这件事情，因为那位年长的苦行沙门对这个消息不太欢迎。他曾听说这位传闻的佛陀原在山林之中苦修，但意志不坚，后来又恢复了高度的生活水准而享受人世之间的欲乐，因此，他对这位瞿昙没有一点信心。

"悉达多，"一天，戈文达对他的朋友说道，"今天我到村中乞食，有一位婆罗门邀我进入他的住宅，里面有一位婆罗门子弟，来自摩竭陀⑦；他曾亲眼见过佛陀，并亲耳听过佛陀说法。我真是满怀渴望，因此我在心里想：但愿悉达多和我两个皆能有一天活着亲耳聆听佛法，由至善的世尊亲口中宣说出来。我的朋友，难道我们不也要到那里去听听佛陀亲口说法吗？"

悉达多回答道："我一向以为戈文达会跟着这些沙门一辈子哩。我一向以为他的目标就是修习这些沙门所传的法术和法门，一直修习到六十岁，七十岁，还要修习下去。可见我对戈文达认识得真是太少了！我对他心里想的东西知道得实在太少了！而今，我的老弟，你竟想开辟一条新道路，要去听佛陀的教言了。"

戈文达说道："你尽管拿我开心好了。没有关系，悉达多，要寻开心就寻开心吧。可是，对于这种教言，难道你没有向往之情？没有渴求之感么？难道你不曾对我说过——这条沙门之道我不会再走多久了？"

于是，悉达多以一种奇怪的方式大笑起来，使他的语声显出了一丝苦涩和嘲讽的色彩，因为他说："你说得很对，戈文达，你记得不错，但你也该记得我对你说过的别的一些话——我曾说过我对那些言教和学识已经失去信心了，我曾说过我对那些老师的言说已经不太相信了。不过，好吧，我的朋友，我已准备去听那种新的言教了——虽然，我打从心底相信：我们已经尝到它的最佳果实了。"

戈文达应道："你同意了，我很高兴。但我要问你：我们还没有听到翟昙佛陀的教言，怎么可以说已经尝到它的最佳果实了呢？"

悉达多回答道："戈文达，且让我们先来享受这个果实吧，其他的果实等等再说。这个果实——我们该为这个果实感谢翟昙佛陀哩，因为，这个果实出于一个事实：它已诱导我们离开这些苦行沙门了。至于此外还有没有别的更好的果实，且让我们耐心地等着瞧吧。"

就在当天，悉达多将他要走的决定报告了那位年长的沙门。他以年轻弟子应有的礼貌和谦下态度向这位老人提出了这个报告。但这位老者对于这两位青年要背他而去的事颇为震怒，因此他提高嗓门将他俩着着实实训斥了一顿。

戈文达吓了一跳，但悉达多附着他的耳朵悄声说道："以其人之道还治其人之身——且让我对这老家伙耍一手我从他那里学来的法术。"

他靠近老人站立着，使他的心念专注一处；他定定地注视着老人的两眼，并以他的凝视把持他，催眠他，使他沉默下来，征服他的意志，命他乖乖地服从他的心意。老人默默无语了，两眼发呆，意志颓废了；他垂下两臂，臣服于悉达多的禁咒之下，变得软弱无力了。悉达多的意念征服了这位苦行沙门的意念；后者只有听候吩咐的份儿了。就这样，老人终于连连向他打躬作揖，马上为他们做了祝福的仪式，结结巴巴地祝福他们一路顺风，旅途愉快。这两位青年谢了他的祝福，亦以打躬作揖回拜了他，而后转身辞别。

到了路上，戈文达说道："悉达多，你从那些沙门学到的东西，比我所知的多。催眠一位老沙门并非易事，实在很难。说真的，如果你待在那里不走的话，要不了多久，你就学会水上行走了。"

"我不希罕水上行走，"悉达多说道，"让那些老沙门用这些法术去满足他们自己去吧！"

【译注】

① 涅槃（Nirvana）：有"灭度""圆寂""寂灭"等意，为修道者所追求的最高境界，可因修因不同而有种种不一的结果，一

般称老僧命终为"涅槃"（佛陀临终时说"涅槃经"或系由此而来），丛林中设"涅槃堂"，又称"延寿堂"。"省行堂""无常院"为送病僧入灭之处，恐系美称，而非正意；佛陀或得道高僧临终时，因可进入不生不灭、消除轮回之苦的涅槃境界，但一般僧徒或居士临终时未必有此境界，故为妄称，而涅槃大境界，不一定死后才能进入，由本书所述，可见大概。《佛学大辞典》"涅槃"条释云：涅槃又作"泥曰""泥洹""泥畔""涅槃那"等。旧译诸师译为"灭""灭度""寂灭""不生""无为""安乐""解脱"等，新译曰"波利昵缚喃"，译为"圆寂"。此中单译"灭"为正翻，他皆为义翻。《肇师之涅槃名论》曰："泥曰，泥洹，涅槃，此三名前后异出，盖是楚夏不同耳。云涅槃，音正也……秦言无为，亦名灭度。无为者，取于虚无，寂寞，妙灭，绝于有为；灭度者，言其大患永灭、超度四流。"《涅槃玄义》上曰："既可得翻，且举十家——一、竺道生（时人呼为涅槃圣）翻为灭；二、庄严大斌，翻为寂灭；三、白马爱，翻为秘藏；四、长千影，翻为安乐；五、定林柔，翻为无累解脱；六、大宗昌，翻为解脱；七、梁武，翻为不生；八、肇论，云无为，亦云灭度；九、会稽基，偏用无为一义；十、善光宅，同用灭度。"《大乘义章》十八曰："外国涅槃，此翻为灭：灭烦恼故，灭生死故，名之为灭：离众相故，大寂静故，名之为灭。"《华严大疏钞》五十二曰："译名涅槃，正名为寂：取其义类，乃有多方；总以义翻，称为圆寂；以义充法界，德备尘沙，曰圆；体穷真性，妙绝相累，为寂。"前言涅槃为灭等，是字释也，更有义释涅槃者。《涅槃经》二十五曰："涅者言不，盘者言织，不织之义，名为涅槃；盘又言覆，不复之义，乃名为涅槃；盘言去来，不去不来，乃名涅槃；盘者言取，不取之义，乃名涅槃；盘言不定，定无不定，乃名涅槃；盘言新故，无新故义，乃名涅槃；盘言障碍，无障碍义，乃名涅槃；善男子，有优楼夫迦昆罗等弟子言：盘者名相，无相之义，乃名涅槃；善男子，盘者言有，无有之义，乃名涅槃；盘名和合，无和合义，乃名涅槃；盘者言苦，无苦之义，乃名涅槃。"一般谓"离生死之苦而究竟安稳"为"涅槃乐"，谓"乐者涅槃而不利众生"为"涅槃缚"，小乘之境界也。有判小乘涅槃与大乘涅槃不同者，《法华玄论》二曰："大、小乘之涅槃凡有三义：一、本性寂灭、非本性寂灭异。小乘之涅槃，灭生死而涅槃也；大乘之涅槃，生死本来涅槃也。故法华方便品言之：诸法从本来，常自寂寂相。二、界内、界外断惑异。小乘之涅槃，唯断界内分段生死而止；大乘之涅槃，并断界外变易生死也。三、众德具否异。小乘之涅槃，无身无智，故不具众德；大乘之涅槃，具身、智，故具法身般若之德。法华玄赞二，谓真如具三德，以成涅槃：一、真如生圆觉，名为般若，真如之体具觉性故也。小乘之涅槃，体非觉性，故不名般若。二、真如之体，以出所知障，名为法身，彼为一切功德法所依故也。小乘之涅槃，非为功德法所依，故不名法身。三、真如之体，众苦都尽，离分段、变易生死，故名解脱。小乘之涅槃，离分段生死，末脱变易生死，故非圆满之解脱。然就离分段之生死，谓为三乘同坐解脱之床，由此小乘亦得名涅槃，而非为大涅槃，以其不具足故也。要之，离分段、变易二生死，有无边之身、智，具法身、般若、解脱之三德，常、乐、我、净之四义者，大乘之涅槃也。唯离分类之生死，灭无身、智（自大乘言之，有变易生死之身、智），三德之中，仅具解脱之一分，四义之中，唯具常、乐、净之三者，小乘之涅槃也。"

"有"分"有余涅槃"与"无余涅槃"二种者，有余、无余，新译曰"有余依""无余依"。"依"者，有漏之依身，对于惑业而曰"余"。"有余涅槃"者，为生死之因之惑业已尽，犹余有漏依身之苦果也。"无余涅槃"者，更灭依身之苦果无所余也。此二种之涅槃同为一体。三乘之行人，于初成道时，虽证得之，而无余涅槃之理，则在于命终之时。又此二种，若就大、小乘分别，则有三门：一、单就小乘分别：断生死之因，犹余生死之苦果，谓之有余涅槃；断生死之因，同时使其当果毕竟不生，谓之无余涅槃。现无余涅槃之相，在命终之时，盖无余涅槃者，灰身灭智。一、有情都灭也；二、单就大乘分别：变易生死之因尽，为有余；变易生死之果尽，为无余。三、大、小相对而分别小乘之涅槃为有余，以犹有变易生死故也；大乘之涅槃为无余，以更无余之生死故也。此义出于胜鬘经。又身、智永灭，大、小乘务异其说。小乘之空义，谓三乘之圣人，入于无余涅槃，则身、智永亡而无一物，法界中灭一有情也。大乘中有性、相二宗。相宗之唯识宗，谓定性二乘之无余涅槃，为毕竟都灭。不定性之二乘及佛之无余涅槃，非为实灭。二乘之人，离分段生死，谓为无余涅槃。佛息应身之化，归于真身之本，谓为无余涅槃。性宗、三论、华严、天台之诸家，谓无有定性之二乘，毕竟成佛也。故法界无有实灭之无余涅槃者，但息妄归真，缉化近本，而入于无余涅槃耳。又有分涅槃为四种者，法相宗所立：一、本来自性清净涅槃：虽有客尘烦恼，而自性清净，湛如虚空，离一切分别之相，言语道断，心行处灭，唯真圣者自内所证，其性原为寂静，故名涅槃；二、有余依涅槃；断尽烦恼障所显之真如也。有余依者，有漏之依身，对于所断之烦恼而谓有余。虽余此有漏之依身，而烦恼之障，永为灭寂，故名涅槃；三、无余依涅槃：出生死之苦之真如也，是亦与有余依涅槃共断烦恼障所得之真理，而显于生死苦果断谢之时，即后时也。故却苦果之依身，谓为无障依，众苦永为寂寂，谓为涅槃；四、无住处涅槃：是断所知障所显之真如也。所知障为智之障。二乘之人为有所知障，不了生死、涅槃无差别之理，固执生死为可厌、涅槃为可欣。佛断所知障得菩提真智时，于生死、涅槃、离厌、欣之情，但有大智，故住于生死；为有大悲，故不住于涅槃。以利乐尽未来有情，故谓之为无住处；利乐之用虽常起，而亦常寂，故谓为涅槃。此中一切有情，有前之一。二乘之极圣，有前自证有余无余之三。菩萨在初地以上，有第一与第四之二。唯世尊具四也。问：依大乘所说，则如来色身，总为无漏清净，非生死之苦果，何有有余涅槃？既无有余涅槃，无余亦宜无之。答曰：就佛身论有余、无余，有二义：一、如来之身，虽无实质之苦果，然就现示，似于苦果之依身而论有余、无余也，如八相成道是。二、就无漏色身之隐、显而论有余、无余也。见唯识论十，百法问答八。又有分涅槃为五种者：凡夫计度之五种涅槃：一、以欲界为证处而爱慕之故；二、爱慕初禅之性无爱故；三、爱慕二禅之心无苦故；四、爱慕三禅之极悦故；五、爱慕四禅之苦、乐雨亡故。计度此五处之现涅　，故堕落于外道，惑于菩提之性。详见楞严经。有谓涅槃具备八种法味：一、常住；二、寂灭；三、不老；四、不死；五、清净；六、虚通；七、不动；八、快乐。有关"涅槃"的名相及其相关、引申词语甚多，要皆不出上列诸意。

② 瞿昙（Cotāma or Gautama），旧译"俱谭""具谭"等，为佛陀的姓氏，故为释迦牟尼的五姓之一。《佛教大辞典》云：古来佛姓，有"瞿昙""甘蔗""日种""释迦"，"舍夷"五种。

　　论其异同，有诸说。《十二游经》举瞿昙与舍夷二名之因缘：梵志瞿昙之弟子曰瞿昙，世人称为小瞿昙，为贼所杀（在甘蔗园或甘蔗果园）。师知之，以尸和泥为两团，咒十月，成一男一女，以瞿昙为姓，又名舍夷。佛本行集经谓：净饭六代之祖被杀，从血块生二茎之甘蔗，次生一男一女，姓为甘蔗，别称日种。四子移于北，倡释迦姓，别称舍夷。佛为甘蔗王之末，瞿昙乃姓。日种之释迦族，故有此种。舍夷为释迦之女声。"

③ 世尊（the Illustrious，或系Bhagavat, Lokajyestha or Lokanāth

之英译），为佛（任何一佛）的十号之一。佛的十个尊号
为：如来（Tathāgata），应供（Arhat），正徧知（Samyak-
Sambuaddha），明行足（Vidyācararana-sampanna），善逝
（Sugata），世间解（Lokavid），无上士（Anuttara），
调御大夫（Purusa-damyd-sārathi），天人师（Sāstā deva-
manusyānam），佛世尊（Buddha-Lokanātha or Bhagavān）。所
云佛世尊，顾名思义，就是为世所尊的佛，略称世尊。《佛学大
辞典》云：以佛具万德，世所尊重故也，又，于世独尊也。阿含
经及成实论以为佛号中之第十，以具上之九号，故曰世尊。《涅
槃经》及《智度论》置之于十号之外。《智度论》一曰："路迦
那他，秦言世尊。"《净影大经疏》曰："佛具众德，为世钦
仰，故号世尊。若论胡音楼伽陀伽，此云世尊也。"《探玄记》
九曰："以佛具三德六义，于世独尊，故名世尊，即梵名婆伽婆
（亦译薄伽梵）。"

④ 佛陀（the Buddha），亦译"浮图""浮陀""浮头""浮
塔""勃陀""勃陀""没驮""母驮""母陀""部陀""休
屠"，中文多简写作"佛"，中译多作"觉""觉者"与"世
尊"，两字连称"大觉世尊"。《佛教大辞典》云：译言"觉
者"或"智者"。"觉"有"觉察""觉悟"之二义：觉察烦
恼，使不为害，如世人之觉知为贼者，故云"觉察"是名"一切
智"；觉知诸法之事理，而了了分明，如睡梦之寤，谓之"觉
悟"（俗云"开悟成佛"），是名"一切种智"。自觉复能觉
他，自他之觉行圆满，名之为"佛"。自觉者，简于凡夫；觉
他者，简于二乘；觉行圆满，简于菩萨。何则？以凡夫不能自
觉，二乘虽自觉而无觉他之行，菩萨自觉、觉他而觉行未为圆
满故也。《南山戒本疏》一曰："佛，梵云佛陀，或云浮陀，
佛驮，步他，浮图，浮头，盖传者之讹耳。此无其人，以义翻之
为觉。"《宗轮论述》记曰："佛陀，梵音，此云觉者，随旧略

语，但称曰佛。"《大乘义章》二十末曰："佛者，就德以立其名。佛是觉知，就斯立称。觉有两义：一觉察，名觉，如人睡寤；二觉悟，名觉，如人睡寤。觉察之觉，对烦恼障。烦恼侵害，事等如贼，唯圣觉知，不为其害，故名觉。涅槃云：如人觉贼，贼无能为，佛亦如是。觉悟之觉，对所知障。无明昏寝，事等如睡，圣慧一起，朗然大悟，如睡得寤，故名为觉。既能自觉，复能觉他，觉行圆满，故名为佛。言其自觉，简异凡夫；云觉他者，明异二乘；觉行圆满，彰异菩萨。"论者以佛所现迹象而分佛有四种：一、藏佛：坐于摩竭陀国菩提树下，以生草为座；于三十四心断见思之惑，而成正觉；身长丈六；对三乘之根基说生灭之四谛；为八十之老比丘，灰身灭尽于双树下；唯有此佛为十方之佛，三世之佛，悉是他佛也。二、通佛：既于因位断三惑之正使，于摩竭陀国七宝菩提树下，以天衣为座，以一念相应之慧，断余残之习气而成正觉；其本身如藏佛，为丈六之劣应身，而时或以神力现尊殊之胜应身，故谓之带劣胜应身；通机有利、钝二机，其钝根者，观不但空之理，故如后之别教，见尊特胜应身；是亦对于乘之根基而说无生之四谛，现八十之老比丘，而入灭于双树下，如藏佛；是亦为自身一佛，而他佛非吾分身也。三、别佛：断十二品之无明，入于妙觉之位；坐于莲花藏世界七宝菩提树下之大宝华王座，或于色究竟天受受职落顶而现圆满之报身（他受用身）；唯为菩萨众转无量及无作四谛之法轮，此即是华严经、梵网经所说之卢舍那佛也。四、圆佛：断四十二品之无明而成清净法身，居常寂光土；以虚空为座，即是华严经、普贤观经所说之昆卢遮那佛也（台家以卢舍那为报身，以昆卢遮那为法身）。又有说云：大乘许于一时有多佛出世，小乘则于俱舍十二有二说：萨婆多师之义，无边之世界，唯有一佛出世，无二佛于同时出世者；余师之义，则一三千大千世界，虽无二佛于同时出世，而其他三千大千世界佛之出世，非无与之同时者。故无量之世界，同时有无量之佛出世。智度论九同举此二义，以前义为不了义，后义为了义。所有"佛经""佛法""佛性""佛心"等名，皆由此而来。

⑤ 释迦（Sakya），为佛陀出身的种族或姓氏名，略称释氏，有云为释迦牟尼或释迦文（见本章译注⑥）之略者，讹也。《佛教大辞典》云：释迦者，姓也，为刹帝利种之一族，本称瞿昙氏，后分族而称释迦厌，总有五名（见本章译注②）。其意为"能仁"，既指佛陀其人，故用语上亦作佛字运用：所有释子（释迦佛之弟子，从释迦师之教化而生，故名）。释教（释迦之教），释典（释教之经典），释门（释教之门户），释家（犹言佛家也），释尊（释迦世尊）释藏（释教三藏），释种，释氏等称，皆由此而来。《佛教大辞典》"释"字条云：释，佛世尊之姓也，佛法始来中土，僧犹称俗姓，或称竺，或弟子依师之姓，如支遁，本性关，学于支谦，所为支；帛道猷，本性冯，学于帛尸梨密多，故为帛。晋道安始云：佛以释迦为氏，今为佛子者，宜从佛之氏，即姓释。及后阿舍经度来，经说果然，因是举天下从之（是为佛教僧侣名号之上冠"释"之由来）。《易居录》二十二日："沙门自魏晋以来，依师为姓，道安遵释迦，乃以释为氏。后见《阿舍经》云：四河入海，无复河名；四姓沙门，皆称释种。自是遂为定式，为沙门称释之始。"

⑥ 释迦牟尼佛（the Sakyamuni），为佛陀之法号，亦称"释迦文佛"（参见本章译注②，③，④，⑤及"观河听水"章译注②），释迦意谓"能仁""牟尼"，译云"寂默"，合曰"能仁寂默"，隐含悲、智双运之意。佛学大辞典记其略传云：印度迦昆罗城主净饭王之子，母曰摩耶，名悉达多太子（简称"悉达太子"），诞生于城东岚昆尼园。生后七日，母殁，姨母波阇波提养育之，跋陀罗尼教养之。幼对人生诸现象，既有思维之处，或于阎浮树下思耕农之苦，或见诸兽相食而厌人生之斗争；又于四

门出游之途上观生、老、病、死之相而有出世之志；遂乘月夜，令侍者车匿为伴，跨白马犍陟出家；寻跋陀伽婆，而闻苦行出离之道；更访阿蓝迦蓝于摩竭陀国王舍城北弥楼山，闻僧法派之法；转而历问郁陀罗仙，皆不得所求之大法；去而入优娄频罗村苦行林，严苦六年，形容瘦削，极酷烈之苦；继以为苦行非解脱涅槃之道，断改前日之行，浴于尼连禅河，以去身垢，受村女所奉之乳糜（苦行沙门兴谤由此，而本书主角悉达多思离苦行林，或亦本此？）坐正觉山菩萨树下，思维曰："不得正等觉，不起于斯座！"思维七七日，观四谛、十二因缘之法，于是成觉者世尊，为人天之师，时年三十有五。自是以后，四十余年，游历四方，化导群类：西历纪元前四百八十七年于拘尸城外娑罗双树，包于白花之香，而遂大般涅槃。

⑦ 摩竭陀（Magadha），亦译"摩竭提""摩揭陀""摩伽陀""摩诃陀"为古代中印国名，王舍城所在地，译言"持甘露""善胜""无恼""无害"等，或为星名，或为古仙人或帝释前身之名，是释尊大悟成佛之处，故亦为佛教发祥地，后为佛教中心地区，直至西元后四百年云。

大觉世尊

在舍卫城[①]中，每一个孩子都知道大觉世尊的名字，每一户人家都准备装满他那些默默行乞的弟子的钵盂。佛陀的常居之处——只陀园林[②]——是当地的富商，也是世尊的忠实信徒给孤独长者[③]出资，买给佛陀及其弟子的精舍。

这两位寻找瞿昙佛陀住处的青年苦行沙门，一路循着传说和打听来到了这个区域，而在他们刚到舍卫入城，刚刚站在第一户人家门前默默乞食时，随即就得到了布施。他俩吃罢所施之食，悉达多便向施食的那位女施主问道："施主，请问您，大觉世尊住在哪里？我们是来自森林的沙门，很想觐见这位至人，听他亲门说法。"那位女士答道："哦，来自森林的沙门，你们走对地方了。世尊寄居只园精舍，就是给孤独长者购赠佛陀的只陀园林。你们既是远方来的游方僧人，不妨在那里过夜，因为那地方很大，足够容纳蜂拥而来听他说法的善男信女。"戈文达听了十分高兴，非常开心地说道："啊，我们总算抵达目的地了，我们的行程终于告一段落了。

不过，请问您，这位大妈啊，您也认识大觉世尊吗？您曾亲眼见过他吗？"

那位女士答道："我岂止见过世尊，已经见过好多次了。有好多天，我曾亲眼见他穿着一袭黄色袈裟，静静地走过大街小巷，托着钵，静静地立在居民的门口，而后带着装满的钵盂，静静地离开。"

戈文达愈听愈入神，还想再多问些，再多听些关于佛陀的一切，但悉达多提醒他：该走了。于是，他俩向她道了谢，这才转身走开。他们几乎用不着再向别人问路了，因为，到只园精舍的路上，来来往往的云水僧人和佛陀弟子多得很哩。当他俩于天黑到达那里时，仍有许多新来的人陆陆续续地来到。那里人声嘈杂，为的是寻求住宿之处。这两位早已过惯林居生活的沙门，很快就找到遮避风雨之处，并静静安顿下来，直到次日清晨。

日出时，他们看到大批信众和好奇的大众在那里过夜，颇感意外。穿着黄色僧袍的比丘们，在庄严肃穆的只陀园林中小径上漫步经行。这儿，那儿，他们随处坐着，有的在树下打坐，专注于禅观默想；有的谈经论教，神采异常。绿荫深浓的偌大花园，好似一座满是蜜蜂的都市一般。绝大多数的僧侣都带着钵盂去乞食，以求午前的一餐——他们过午不食，故而也是当天唯一的一餐，即连世尊本人，也要在午前亲自持钵去走一趟。

悉达多一眼看到了他，随即就认出了他，好像冥冥中有神指点一般。他看到他穿着一件带有布帽的黄色僧袍，捧着一只钵盂，静静地从他的住处走出，真不愧是一位没有架子的谦逊之人。

"你看，"悉达多悄悄对戈文达说道："佛陀来了。"

戈文达聚精会神地凝视这位身着黄袍的僧侣，表面上看来，他跟其他数以百计的其他比丘并无两样，但戈文达很快就认出了他。不错，那就是他，于是他俩立即跟在他的后面，瞻仰他的神采。

佛陀一路静静地走着，专注于他的禅定和静虑之中。他那安详的面容上，既无欢乐，亦无忧戚。他似乎是在他的内心之中微微笑着。他一路走着，静默地，从容地，带着那副隐约的微笑，好像一位健康的婴儿。他身着长袍走着，跟其他僧侣一模一样，但他那种面容和步履，那种平静下垂的眼神，那只平静的臂膀，乃至手上的每一根指头，莫不透露着清静，完美，圆满自足，无欲无求，毫不做作，在在都反映着一种持续的静穆，一种不褪的光辉，一种不可破坏的祥和。

佛陀就这样走着，一路进城乞食，而这两位青年沙门，之所以能在众僧之中认出他，就凭他那举止的安静，形体的平静——其中没有寻求，没有意欲，没有虚假，没有勉强——有的只是光明与安详。

"今天我们可要亲耳听他亲口说法了。"戈文达说道。

悉达多没有答腔，因为他对言教并不怎么好奇。他不认为人家会有什么新的东西可以传授他。他跟戈文达一样，早就听过佛陀言教的要义了，只不过那是经过一再辗转的传闻而已。但他专心一意地瞻视着佛陀的头部，双肩，两足，以及他那平静下垂的手，因为，在他看来，他那只手的每一根指头的每一个关节，莫不流露着智慧；它们都在陈述着真理的真义，透露着真理的气息，放射着真理的光辉。这位男子，这位觉者，确是一位彻头彻尾的真正圣人。悉达多从来没有这样尊重过一个人，从来没有这么敬爱过一个人。

他俩静静地跟着佛陀进入城中，而后又静静跟着他回到原地。他俩那天特意断食一天。他俩目睹佛陀乞食转回，目睹他在他的弟子群中用餐——他吃得很少，可说不足喂饱一只飞鸟——而后目睹他退隐到芒果树荫之下。

但到晚上，暑气一旦消退，在帐篷里的每一个人都警惕起来，一起去听佛陀说法。他俩听到了他的语声，而他的语声跟他的风采一样，也是十分完美，平静而又安详的。佛陀讲到了人生之苦，苦的缘起，以及解脱之道。人生痛苦，世间充满痛苦，但脱苦之道已经找到，只要遵行佛陀所行的道路，就可得到解脱，就可以得到救赎。

大觉世尊以一种温和而又坚定的语气讲解四圣谛和八正道④；他不惮其烦地耐心讲述，用了通常所用的举例和复述的教学方法。他的语声清晰而又平静地传入听众的心中——像一道光线，像一颗明星，划过黑暗的天空。

佛陀说法完毕，已是夜幕低垂的时候了，许多慕道而来听法的人都纷纷走向前去，请求佛陀准许皈依⑤，加入他所领导的僧团，作为常随闻法的徒众。佛陀二接纳他们，并对他们说道："你们已闻正法，那就加入我们，共修共进，共同离苦赴乐吧。"

平常有些畏缩的戈文达，这时也走上前去说道："我也要皈依世尊和他的佛教。"他请求允许进入僧团，也得到了接纳。

一待佛陀退去过夜，戈文达立即等不及地向悉达多急切地说："悉达多，不是我要责备你。我们两个都听了佛陀的教书，我们两个都闻了他的说法。戈文达闻了法就信受了，可是你，我的好友，难道你不想践履解脱之道么？难道你还要牵延，还要观望么？"

悉达多听了戈文达的这番话，如梦初醒。他注视戈文达的面孔，注视了好一阵子，然后，他温和地回应，不含一点嘲讽的意味，"戈文达，我的朋友，你已跨进了一步，你已选择了你的道路。戈文达，你一直做我的朋友，一向跟在我后头。我常在心里想：难道戈文达不能心领承当么？没有我就寸步难行了么？现在，你已是一个男子汉了，并且已经选择你自己的道路了。我的朋友，愿你践履此道，贯彻始终。愿你求得解脱之果！"

戈文达仍未完全了解他的意思，还是不耐烦地继续说道："我的好友，答应我，说你也要发誓归依佛陀！"

悉达多以一只手搭在戈文达的肩上，"戈文达，你已听到我的祝愿了。我再重述一次：愿你实践此道，有始有终。祝你求得解脱之果！"

此际，戈文达才明白他的朋友要离他而去了，禁不住流出了眼泪。

"悉达多。"他哭着叫道。

悉达多温和地勉励他。"戈文达，"他说道，"不要忘了，你现在已经成为佛陀的圣众之一了。你已放弃了你的家园和双亲，你已放弃了你的身份和财产，你已放弃了你一己的意欲，你已放弃了友谊的牵绊。这正是那种教义所开示的，这正是世尊的志愿所在。这正是你寄望你自己的地方。戈文达，明天我就得离开你了。"

这两个朋友在林中信步而行，徘徊了好一阵子。他俩卧在草地上，但久久无法入睡。戈文达一再迫使他的朋友，逼他说出为何不能信奉佛教的原因，要他说出佛教究竟有什么缺陷，但每一次都被悉达多支吾开去了："放心吧，戈文达。"

他说："世尊之教非常好。叫我怎能挑出它的缺陷？"

大清早，佛陀的一位年长弟子，寻游整个只园找戈文达，要所有新皈依的信众接受黄色的袈裟，以便听受初步的教义和关于僧职的指示。至此，戈文达只好让他自己脱出友情的系绊，于是他拥抱了他这位童年的朋友，穿上了僧侣的袈裟。

悉达多在林中漫步，进入了深沉的思绪之中。

就在那里，他遇见了大觉世尊，而这位青年，就在他恭恭敬敬地向佛问候而佛的神情又显得那样和蔼平静时，鼓起了勇气请求世尊准许跟他交谈。世尊默默地点了点头，表示允许了。

于是，悉达多说道："世尊，昨天我有幸听了您的微妙说法。我是和我的朋友特地从远方赶来听法的，如今我的朋友要留在您的身边，并且已经宣誓皈依您了。可是我，仍要重新踏上我的求道历程。"

"人各有志。"世尊礼貌地说道。

"我的话也许说得太狂了一点，"悉达多继续说道，"但我欲罢不能——要将我心中想说的话老老实实地禀告世尊，然后才能告辞世尊。世尊愿意听我略述数言否？"

世尊点头默许了。

悉达多接着说道："世尊，最重要的一点是：我很敬慕您的教言。您所说的一切，悉皆明白透彻，都已得到验证。您指出，这个世界是一条连续不断的锁链，一切的一切，皆由因果连在一起。关于这一点，从来没有人说得这样清楚，从来没有人做过如此不可反驳的举证。不用说，每一个婆罗门，只要透过您的教义去看世间，都会因为发现它前后一贯、没有任何缝隙可乘，澄澈得犹如琉璃水晶，既非出于偶然，亦非诸神造成，而感到心跳加剧。不论世间是善是恶，不论人生是苦是乐，不论它是否实在——这也许是无关宏旨的一点——单看这个世界的完整统一，一切万法的有条不紊，以及其中的大小相含——悉皆出自同一个根源，出于同一个生、住、异、灭的因果法则。所有这些，世尊，悉皆从您那殊胜的教示发出清澈的光明。但是照您的教理来说，一切万法的这种完整统一和逻辑的因果关系，有一个地方含有一个破绽。某种新奇的东西，某种新颖的东西，某种从未有之，现在也无法举证的东西：亦即您那超越这个世界的解脱之说，由一个小小的裂缝，流进了这个完整统一的世间。这个完整而又统一的世界，就因有了这个小小的裂缝，就因有了这个小小的漏洞，而再度崩溃了下来。请原谅我——假如我提出的是与您相反的异见。"

佛陀静静地聆听着，一动也不动地聆听着。现在，这位

83

至人终于以他那种温和、礼貌而又明晰的语气说话了："啊，梵志之子，你已听了我所说的法，听得很好，而且善加思念，这是你的善根。你发现了一个缺陷。好好地再想一下。让我提醒你，你们面对议论葛藤和语言矛盾未知的人。议论毫无意义；不论好、丑、智、愚，任何人都可加以拥护或排斥。但你所听到的佛法，并不是我的议论，而它的目的也不是向求知的人解释这个人世的一切。它的目的完全是另一回事：它的目的在于助人离苦得乐。这便是瞿昙所说的法，除此之外，没有任何别的意义。"这位婆罗门青年说道："啊，世尊，不要对我生气。我这样说，并不是为了跟您争论语言上的问题。您说议论毫无意义，这话是对的，但请容我再提一点。我对您不曾有过一念的怀疑。我一念也不曾怀疑过您是大觉世尊，我一念也不曾怀疑过您已达到数以千计的婆罗门及其子弟努力追求的究极目标。您是以您自己的努力，以您自己的办法，利用思维，运用禅定，透过知识，经由觉悟达到这个目的。您没有从言教上学到任何东西，因此，世尊，我认为没有人可从言教上得到解脱。啊，世尊，您无法用语言和言教将您在开悟那个时候所体验到的一切传授于人。大觉世尊的教言里面含容很多东西，教导很多事情——例如怎样过正直的生活，如何避恶向善，等等。但有一样东西，不在这种明白有用的教诲之中；世尊在成千累万的婆罗门中独自证悟到的那个秘密，不在这种言说里面。这是我在听您说法时想到、体会到的一点。这就是我为什么要继续走我的道路，不再寻求其他更好教义的原因，因为我已知道，此外没有更好的办法——只有抛开一切言教，离开一切导师，自力达到目标——要不就是死掉！不过，世尊，我将常常忆念此日此时，因为此日此时我曾亲眼目睹一位真正的圣人。"

佛陀垂眉晃眼，他那深不可测的面相显露了十足的平静，超然。"我希望你不要做错误的推测，"世尊缓缓地说，"祝你达到你的目标！不过，请告诉我：你有没有见过我的清众？有没有见过归依佛教的许多兄弟？啊，远来的沙门，在你看来，对于这些人而言，要他们放弃佛教，恢复世俗的生活而在烦恼之中折腾，是不是更好呢？"

"我从来没有那种想法，"悉达多叫道，"愿他们追随佛教！祝他们达到目标！我不批判他人的生活。我只能为我自己判断。我不得不有所取舍。啊，世尊，我们沙门追求自我的解脱。设使我做了您的追随者之一，恐怕那只是徒有其表罢了，难免要自我欺骗，自认已经达到解脱的安稳之境，骨子里自我不但依然活着，而且仍在继续滋长，因为它将化成您的教言，纵入我的皈依与我对你和僧团的敬爱之中。"

佛陀带着微笑，以不可动摇的澄明和友善，沉静地注视着这位外来的客人，而后以一种几乎无法看出的手势，示意他退去。

"啊，沙门啊，你很聪明，"世尊说道，"你知道怎样聪明地交谈。但是，我的朋友，谨慎小心些，不要聪明过度了！"

佛陀走开了，但他那副神采和淡淡的微笑都烙上了悉达多的心版，永远永远。

悉达多心下想道：我从来没有见过一位僧人像那样看人，那样微笑，那样行、坐、住、卧。我也要像那样看人，那样微笑，那样行、坐、住、卧。那样自在，那样从容，那样庄严，那样高贵，那样有节制，那样坦荡，那样纯朴而又神秘莫测。一个人只有在征服了自我之后才能那样看人和行动。我也要征服我的自我才行。我已见到了一个人，只有一位。悉达多心下想道，只有在他面前，我才毕恭毕敬。此后我将不再在任何他人的面前低头了。既然连这个人的言教都没有吸住我，其他的言教也就更不会吸住我了。

佛陀已经打劫了我，悉达多心里想道。但他虽打劫了我，却也给了我更有价值的东西。他劫去了我的朋友，因为这位朋友原是相信我的，如今却信奉他去了；这位朋友原是我的影子，如今却做他的影子去了。但他却给了我悉达多，给了我自己。

【译注】

① 舍卫（Savathi），本城名，后以为国号。其国本名"侨萨罗国"，为别于南方之"侨萨罗国"，故以城名为国号；新作"室罗伐""室罗伐悉底"，译曰"闻者""闻物""丰德""好道"等；别名曰"舍婆提城""尸罗跋提""舍罗婆悉帝夜城"。佛在世时，波斯匿王居此。城内有只园精舍。其地即今印度西北部拉普的河南岸，在乌德之东，尼泊尔之南。《玄应音义》三曰："舍卫国，云无物不有国，或言舍婆提城，或言舍罗婆悉帝夜城，讹也，正书室婆伐国，此译云闻者城。法镜经云开物国。善见律云，舍卫是人名，昔有人居住此地。往古有王，见此地好，故乞立为国，以此人名号舍卫国，一名多有国，乡有聪明智慧人及诸国珍奇，皆归此园也。"《弥勒上生经疏》上曰："梵言室罗伐悉底。言舍卫者，讹略也。此中印度境侨萨罗国之都城名，为别南侨萨罗国，故以都城为国之称。真谛法师云：昔有兄弟二人，一名舍婆，二名婆提，故彼所翻金刚般若，云在舍婆提城。兄弟二人于此习仙，后而果遂，城因此号舍婆提。今新解云：应云丰德城，—— 一、具财构。二、妙欲境。三、饶多闻。四、丰解脱——国丰曰德，故以名焉。"又"舍卫城"条解云：或云"舍婆提"，此翻"闻物"谓宝物多出此城；又翻"丰德"。天台云：舍卫城，又名"舍婆提"者，昔有二仙，弟名舍婆，此云幼小；兄名河跋提，此云不可害，合此二人，以名城也。参见下引两条译注。

② 只陀园林（The Jetavana Grove），略作"只园""只洹""只桓""只树"，皆"只哆盘那""只树给孤独园"之略。"洹""桓"二字，经论互用，或云梵语，或云汉语，"桓"者，"林"也。"只陀"：新称"逝多"或"誓多"，译曰"胜"为舍卫国波斯匿王太子之名；"只哆盘那"：新称"逝多饭那"，"誓多饭那"译作"胜林"，只洹精舍所在之处；"只

树"：只陀太子之树林，略名"只树"，是太子供养佛者。"只陀林""只洹林""只洹饭那""只哆槃那"皆同，新称"誓多林"。《慧琳音义》十曰："只树，梵语也，或云只陀，或云只洹，或云只园，皆一名也。"正梵音云誓多，此译为胜，波斯匿王所治之城也。太子亦名胜。给孤长者，就胜太子，抑买园地，为佛建立精舍，太子自留树，供养佛、僧，故略云"只树"也。只树给孤独园：舍卫国有长者哀恤孤危，世人呼曰"给孤独"，佛在摩揭陀国时来闻法，三归为优婆塞，后乞佛来舍卫国度人，以园林献佛，佛许之。长者归国选园林，以太子誓多之林园为第一。弥勒上生经疏上，慈恩以二人之名载园林名之因缘曰："园地善施所买，树林誓多所施；二人同心，共崇功德，自今以后，应谓此地为誓多林给孤独园。"参见上面译注①及下面译注③。

③ 给孤独长者（Anadhapindika）：佛在世时长者之名，梵语本名"苏达多"或"须达多"（Sudatta）。译曰"善施"，梵语别号"阿那陀摈荼陀"，译曰"给孤独"，略名"给孤"，建只洹精舍之人，为中印度侨萨罗国舍卫城之豪商，性慈善，好施孤独，故有此名。在王舍城听佛说法，深皈依之，请至其国，购太子只陀之园林，以赠释迦，由是佛教大行其地。参见上引两条译注（以上皆见《佛学大辞典》）。

④ 四圣谛（the Four Main Points），亦译"四真谛"，原文为catvāriārya-sattyāni，即"苦""集""灭""道"四者；八正道（the Eightfold Path）。亦译"八道船""八正门""八由行""八游行""八道行""八直行""八直道""八正道分""八圣道支"，原文为 Aryamārg'亦即正见，正思维，正语，正业，正命，正精进，正念，以及正定八者；连同隐含文中的"十二因缘"（the Twelve nidānas；Dvādasānga pratityasamutpāda），又译"十二轮""十二有支""十二率连""十二棘园""十二缘起""十二重城""十二因缘

观""十二支佛观",亦即"无明""行""识""名色""六入""触""受""爱""取""有""生""老死"等十二个项目,如环轮转;为佛陀初转法轮时的根本教理,亦即悉达多所指的言教。《佛教大辞典》释四谛云:"四圣谛"四圣谛者,"圣"者所见之真理也。一、"苦谛";二、"集谛";三、"灭谛";四、"道谛"。止持会集音义曰:"苦谛者,苦以痛、恼为义,一切有为心行,常为无常患累之所逼恼,故名为苦。"大论云:"无量众生,有三种身苦——老、病、死;三种心苦——贪、嗔、痴;三种后世苦——地狱、饿鬼、畜生。总而言之,有三苦、八苦等,皆三界生死之患。谛审生死实是苦者,故名苦谛也。集谛者,集以招聚为义,若心与结业相应,未来定能招聚生死之苦故名为集。审知一切烦恼惑业,于未来定能招集三界生死苦果,故名集谛也。灭谛者,灭即寂灭,灭以灭无为义。结业既尽,则无生死之患累,故名为灭,以诸烦恼结使灭故,三界业亦灭。若三界业烦恼灭者,即是灭谛有余涅槃;因灭故果灭,舍此报身时,后世苦果永不相续,名入无余涅槃。谛审涅槃实为寂灭,故名灭谛也。道谛者,道以能通为义,正道及助道,是二相扶,能至涅槃,故名道谛。审此二道相扶,实能通至涅槃不虚,故名道谛也。"《涅槃经》云:"若能见四谛,则得断生死。"有"四种四谛",分别云:四谛之法,虽为初对小乘浅近之机之法门,然其理则通法大、小一切佛法,故天台从涅槃经圣行品所说,安立四种之四谛,以配"藏""通""别""圆"之四教:一、"生灭四谛":苦、集、道之三谛,依因缘而有实之生灭。灭谛者,可视为实之灭法,如此立于实生实灭上之四谛,谓之"生灭四谛",是小乘教,即三藏教所说也。二、"无生四谛":苦、集、道之三谛,如实即空,无实之生灭。灭谛本来自空,不生不灭。了此苦、集、道之因果当体即空,而不见生灭,故谓之"无生四谛",即通教之所说也。三、"无量四谛"：于苦谛涉于界之内外而有无量之相，乃至就道谛而有无尽之差别，此乃是大菩萨之所修学，故谐之"无量四谛"是别教之四谛也。四、"无作四谛"：烦恼即菩提，故无断案，修道之造作：生死即涅　，故不须灭苦、证灭之造作；如此离断证造作之四谛，故谓之"无作四谛"是圆教之四谛也。见《法华玄义》三。又云"四真谛""四圣谛"者：其理真正，故云"真谛"；为"圣者"之所见，故云"圣谛"。见《涅槃经》五十，智度论二。《佛教大辞典》释"八正道"云：总谓之"八正道分"亦名"八由行"俱舍作"八圣道支"。"圣"者，"正"也。其道离偏邪，故曰"正道"。又"圣者"之道，故谓"圣道"也。一、正见：见苦、集、灭、道四谛之理而明之也。以无漏之慧为体，是八正道之主体也；二、正思维：既见四谛之理，尚思维而使其智增长也。以无漏之心所为体；三、正语：以真智修口业，不作一切非理之语也。以无漏之戒为体；四、正业：以真智除身之一切邪业，住于清净之身业也。以无漏之戒为体；五、正命：清净身、口、意之三业，顺于正法而活命，离五种之邪活法（谓之五邪命）也。以无漏之戒为体；六、正精进：发用真智而强修涅槃之道也。以无漏之勤为体；七、正念：以真智忆念正道而无邪念也。以无漏之念为体；八、正定：以真智入于无漏清净之禅定也。以无漏之定为体。此八法尽离邪非，故谓之正；能别涅槃，故谓之道；总为无漏，不取有漏，是见道位之行也。（又，"五邪命"者：修行人不如法事而为生活也：一、诈现异相：于世俗之人诈现奇特之相，以求利养者；二、自说功能：说自己功德，以求利养者；三、占卜吉凶：学占卜而说人之吉凶，以求利养者；四、高声现感：大言壮语而现威势，以求利养者；五、说所得利，以动人心：于彼得利，则于此称说之，于此得利，则于彼称说之，以求利养者。（见智度十九。）《佛学大辞典》解释"十二因缘"云：新作"十二缘起"，旧作"十二因缘"，单名"因缘观""支佛观"，一名"十二重城"，一名"十二率连"，亦名"十二轮"，又名"十二棘园"，是为辟支佛之观门，说众生涉三世而轮回六道之次第缘起也。《五句章句经》曰："一切众生，常在长狱，有十二重城围之，以三重棘篱篱之。""三重棘篱"即三界，又名"三世"；"十二重城"即十二因缘也。《增一阿含经》四十曰："佛自看比丘病，因责诸比丘言：汝为何事而出家耶？为畏王等故，欲舍十二率连。"三世系续，故名"率连"。辅行三之三曰："十二轮者，大璎珞文，展辗不穷，犹如车轮。"妙玄二本曰："一名十二重城，亦名十二棘园。"，是依五句章句经棘篱之语也：一、无明：过去无始之烦恼也；二、行：依过去世烦恼而作之善恶行业也；三、识：依过去世业而受现世受胎之一念也；四、名色：在胎中之心、身逐渐发育之位也；五、六处：为六根具足将出胎之位也；六、触：两三岁间对于事物未识别苦乐，但欲触物之位也；七、受：六七岁以后，逐渐对事物识别苦乐而感受之位也；八、爱：十四五岁以后，生种种欲，盛爱欲之位也；九、取：成人以后，爱欲愈盛、驰驱请境、取求所欲之位也；十、有：依爱、取之烦恼，作种种之业，定当来之果位也；十一、生：即依现在之业，于未来受生之位也；十二、老死：于来世老死之位也。其中无明与行二者，即惑业之二，属过去世之因；识、名色、六处、触、受五者，属缘于过去惑业之因而受现在之果，是过、现一重之因果也；又、爱、取二者为现在之惑，有则为现在之业也，缘于此惑业现在之因而感未来之生与老死之果，是现、未一重之因果也。此为三世两重之因果。依此两重之因果，而知轮回之无极。盖既见现在之惑（爱、取）业（有）由现在之苦果（识乃至受）而生，则知过去之惑（无明、行）业亦从过去之苦果而生，既见现在之苦果（识乃至受）生现在之业（有），则亦知未来之苦果（生、老死）生未来之业。上溯之，则过去之惑业更从过去之苦果而来；下趁之，则未来之苦果更生未来之惑业。过去无始、未来无终，此为无始无终之生死轮回。辟支佛观之，一以厌生死，一以知无常实之我体，遂断惑业而证涅槃也。其中分别因与缘，则行与有之二支是因，无明与爱、取之三支是缘，余七支总是果，但果为还起惑业因缘之缘，故摄之于缘中，不别存果名，是曰因缘观。有生、灭与顺、逆二种观法。甲：一、生观：观缘无明生行，缘行生识，乃至缘生老死，次第生起之相也，是为流转门；二、灭观：观无明灭则行灭，乃至生灭则老死灭，次第灭坏之相也，是还灭门（见四教仪）。乙：一、顺生死观：观有漏业为因，爱、取等为缘，感识等乃至老死等生死果之相也；二、逆生死观：观无漏之正慧为因，正行为像，证涅槃果之相也，是为流转、还灭之二观。（见止观五之三）十二因缘与四谛之关系：若但依生观、顺观二者，则十二因缘为苦，集之二谛，即无明、行、爱、取，有之五支为集谛，余七支为苦谛也；若依生、灭二观，顺、逆二观，则其生、顺二观为苦、集、之二谛，灭、逆二观为道、灭之二谛也。（详见《佛学大辞典》）

⑤ 皈依（英译为asked to be accepted into the community，含有请求准许皈依之一意，故作此译），此词兼含"皈命"之意，故兼释之。所谓"皈依"，各宗教皆有之，佛教的解释是：向胜者皈投依伏也。《大乘义章》十曰："皈投，依伏，故曰皈依。皈依之相，如子皈父；依伏之义，如民依王，如怯依勇。"佛教有"三归"皈依佛、法、僧也。皈依佛者，舍邪师而事正师也。《大乘义章》十曰："依佛为师，故曰归佛。"皈依法者，舍邪法而修正法也。《大乘义章》十曰："凭法为药，故名归法。"皈依僧者，舍邪友而伴正友也。大乘义章十曰："依僧为友，故曰归僧。"有"三归戒"为皈依佛、法、僧三宝之戒法。又归命者，梵语曰"南无"，译曰"归命"此有三义：一、身皈命于

佛；二、皈顺佛之教命；三、命根还归于一心本元。总为表信心至极之词。《起信论义记》上曰："一、皈者，趣向义：命谓己身性命，生灵所重，莫此为先……二、皈是敬顺义，命谓诸佛教命。"有"皈命顶礼"顶礼者以神佛之足戴其顶上而礼拜者，是皈命为意业之礼拜，顶礼为身业之礼拜也。

幡然省悟

悉达多离开了至人佛陀住持的那座园林，离开了他的朋友戈文达侍下的那座园林，同时感到他此前的生活也留在他脑后的那座园林之中了。他一路缓缓地走着，脑中充满了这种思绪。他深切地思维着，直到此种感觉完全慑服了他，而他也达到了看清万法因缘①所生的一点；因为，在他看来，看清因缘生法的办法就是思维，因此，感觉只有透过思维才能化为知识，才能成真而开始成熟，才能不致丧失。

悉达多一边走着路，一边深深地思索着。他体会到他已不再是一个少年了，如今他已成为一个成年人了。他体会到某种东西已经像蛇蜕皮一样离他而去了。某种东西已经不再在他身上了，曾经陪他度过少年时期并曾作为他的一部分的那个东西，如今已经离他而去了，而这便是寻师求道的意欲。甚至连他所遇到的最后一位老师，最伟大，最智慧的导师——至尊至圣的大觉佛陀，他也离开了。他必须离开他；他不能接受他的言教。

这位思维者一边缓缓地走路，一边默默地自问：你想向言教和导师求学的是什么？他们传授给你不少东西，但无法传授给你的究竟是什么？而他想到：那是自我——我想学知的是自我的特质和本性。我想将我自己赶出这个自我之外，加以征服，但我无法征服它，只能欺骗它，只能逃开它，只能躲避它。实在说来，在这个世上，占我思绪最多的，就是这个自我，就是我活着，我与其他每一个人是一非二而又相离相别，我是悉达多而非他人的这个哑谜；而在这个世上，我知得最少的，却是与我自己，与我悉达多相关的一切。

这个思维者，一路缓缓地走着，忽然被这个思绪一把抓住而蓦然打住，而由这个思绪忽又生起另一个思绪。这就是：我之对我自己之所以毫无所知，悉达多之所以对他自己一直陌生而毫无认识，乃是因了一点，只是因了一点——我骇怕我自己，我一向在逃避我自己。我一向在追求大梵，追求神我；我希望摧毁我自己，离开我自己，就是为了想在这个未知的最深处发现这个万法的核心，神我，生命，神性，绝对。可是，我却因为如此做而在道途之中迷失了我自己。

悉达多举目向四周扫视了一下，脸上现出了一片微笑，而一阵强烈的大梦初醒之感掠过了他的全身。他立即再度前进，快速地前进，好像一个已经胸有成竹的人。

这就是了，他在心里想道，深深地舒了一口气，我再也不想逃避悉达多了。我再也不要将我的心思用在神我和人世的烦恼上面了。我再也不要为了寻求废墟后面的秘密而肢解，而摧毁我自己了。我将不再研读瑜伽吠陀经[2]，不再研读阿达婆吠陀经[3]，不再修习苦行禁欲，不再修习任何其他教义。我要向我自己学习，做我自己的门生，我要我自己追求悉达多的秘密。

他向周围环顾了一下，好像有生以来第一次看到这个世界似的。这是一个美丽，奇妙，而又神秘的世界。这儿是蓝色，这儿是黄色，这儿是绿色，天空与河流，林木与山岳，无不美丽，无不神秘而又迷人，而他，悉达多，一个省悟了的人，就在这一切当中，一路走向他自己。所有这一切，所有这种黄色与蓝色，河流与树木，如今始行掠过悉达多的眼前。这已不再是魔罗[4]的法术，不再是幻妄[5]的面纱，不再是被排斥万法而追求合一的婆罗门所轻视的那种毫无意义、生死无常的世间万象。山是山，水是水，而假如活在悉达多里面的那个大一和神明亦秘密地活在山水之中的话，那只是因了这种神术和意愿：那里应有黄色和蓝色，天空和林木——而这里应有悉达多。意义和实相并非隐蔽在万物的背后，而是就在万法之中，就在一切万法的里面。

我一向耳聋眼花，真是太笨了，他在心里想着，迅速地向前走着。不论任何人，读他希望研究的东西，都不会轻视文字和标点符号，而称之为虚妄，缘生，没有价值的躯壳，他只是研读它们，研究它们，爱惜它们，一字一句都不放过。但想读世俗之书和自性之书的我，却假装轻视文字和符号。我称这个现象世界为虚妄。我称我的眼睛和舌头为缘生。而今，这一切都成过去了；我已觉悟了。我已真正觉悟了，因此只有今天才是诞生。

但当这些念头掠过悉达多的心头时，他忽然止步不前，好像有一条蛇横在他的前面一样。

就在这时，他也突然明白：他，实际上既跟已经觉悟或刚刚新生的人一样，就得彻底重新开始他的生活。那天早上，在他离开只陀园林的时候，在他离开大觉世尊的当儿，他就已经觉悟了，他就已经踏上走向他自己的道路了，因此，对他而言，经过多年的苦修之后，返回故乡，回到他父亲的身旁，不但是他的意愿，也是当然的历程。然而此刻，在他好像遇见一条蛇一样忽然止步立定的当儿，他又有了这样一个念头：我既已不再是从前的我，我既已不再是一个苦行僧，不再是一个传教士，不再是一个婆罗门，那么，我还在家里跟父亲一起干什么呢？研究？献祭？还是打坐？所有这些，对我而言，如今皆已成为过去了。

悉达多定定地立着，一阵冰冷的寒意悄悄地掠过他的全身。他一旦明白他是多么地孤独，就像一只小动物一样，就像一只小鸟或兔子一样，忽从内心之中起了一阵寒战。他出家多年，从来不曾有过这种感觉。如今他实实在在地感到了。在此之前，就是在他进入甚深禅定的时候，他仍是他父亲的儿子，仍是一个颇有地位的婆罗门，仍是一个虔诚的宗教徒。如今他只是悉达多，只是一个觉悟了的人，别的什么也不是。他深深地吸了一口气，打了一阵冷战。没有一个人像他这么孤独。他既不是贵族，不属于任何贵族阶级；也不是工人，不属于任何工会，故而也不能到那个组织里面寻求庇护，分享那个组织的生活，使用那个组织的语言。他既不是婆罗门，也就不能分享婆罗门的生活；他既不是苦行僧，也就不再属于沙门了。就连住在深山深处的隐者，也不是单独一人，仍然有他所属的一群。戈文达当了比丘，仍有数以千计的师兄师弟，穿着与他同样的僧袍，共行他的信仰，同说他的语言。而他悉达多，究属何处？他分享何人的生活？又说何人的语言？就在此时，就在他周围的世界融化而去之际，就在他像苍天的一颗孤星遗世独立的当儿，一阵冰冷的绝望之感慑住了他，虽然如此，但他却比以前更加确实他是他自己了。这是他的觉醒的最后冷战，是他诞生的最后阵痛。于是他立即再度继续前进，并且开始等不及地快步向前直走，不再走向家园，不再走向他的父亲，不再向后张望⑥。※

【译注】

① 因缘（causes），原文为Hetupratyaya。解云：一物之生，亲与强力者为因，疏添弱力者为缘。例如种子为因，雨露、农夫等为缘。此因缘和合而生谷。《长水之楞严经疏》一之上曰："佛教因缘为宗，以佛圣教自浅至深，说一切法，不出因缘二字。"《维摩经佛国品》注："什曰：力强为因，力弱为缘。肇曰：前后相生，因也；互相助成，缘也。诸法要因缘相假，然后成立。"又四缘之一，因即缘之意。此非因与缘别而论，亲因即名为缘。《俱舍论》七谓："因缘者，五因之性。"六因中，除能作缘，余五虽总为因缘，而唯识七唯名同类因为因缘。此词名目繁多，除上述五因、六因、四缘及十二因缘外，尚有因缘依，因缘性，因缘合成等，不一而足，皆属之。兹略释之，详见《佛学大辞典》。五因者：以四大种为能造之因，以诸色法为所造之果，是为五因：一、生因：生四大种所生之色，名为生因；二、依因：造色生已，而随逐于大种，如弟子之依于师，故名依因；三、立因：任特四大所造之色，如持壁画，名为立因；四、持因：使所造之色相继而为断绝，名为持因；五、养因：增长四大种所造之色，名为养因。此五因于六因中，为能作因之所摄，于四缘中为因缘之所摄，见《俱舍论》七。又，一、生因：即惑业也，众生依惑业而生此身，名为生因；二、和合因：与善法、善心和合，与不善法、不善心和合，与无记法、无记心和合，故名和合因；三、住因：一切众生依我痴、我见、我慢、我爱之四大烦恼而得住，如家屋之依柱而得住，故名住因；四、增长因：众生依衣服、饮食等而长养其身，故名增长因；五、远因：依父母之精血而生其身，如依凭国王而免盗贼之难，依呪力而脱伤害，是名远因。见涅槃经二十一。六因者：凡有为法之生，必依因之与缘和合，论因体有六种。《俱舍论》六曰："因有六种：一、能作因；二、俱有因；三、同类因；四、相应因；五、遍行因；

六、异熟因。"旧译智度论三十二，称为：相应因（相应因），共生因（俱有因），自种因（同类因），遍因（徧行因），报因（异熟因），无障因（能体因），四缘者：旧译曰：因缘，次第缘，缘缘，增上缘：新译曰：因缘，等无间缘，所缘缘，增上缘。一、因缘：谓六根为因，六尘为缘也，如眼根对于色尘时，识即随生，余根亦然，是名因缘；二、次第缘：谓心、心所法，次第无间，相续而起，名次第缘；三、缘缘：谓心、心所法，由托缘而生起，是自心之所缘虑，名为缘缘；四、增上缘：谓六根能照境发识，有增上力用，诸法生时，不生障碍，名增上缘。见《大明法数》十五，又见于《智度论》，《唯识论》，《大乘义章》等。因缘依者：谓一切法发生所亲依者，唯识论规定诸心、心所为有所依之法，举三种所依，此即其中之一也。对于增上缘依及等无间依而言，谓一切诸法各自之种子也。一切有为法，皆依各自之种子而生起，若离种子之因缘，则决无生者。斯一切种子，为诸法之原因，又为诸法依芝之所依法，故名之曰因缘依。成唯识论四所谓："诸心、心所，皆有所依，然波所依，总有三种：一、因缘依，谓自种子，诸有为法，皆托此依，离自因缘，必不生故。"因缘性者：为诸法生起原西，又为依托之性也。四缘性之一，大乘，小乘，其解不同。一、小乘于诸法之原因六因中，除能作因外，余五因为因缘性。如此因缘因，义既通于六因中五因，故其义颇厘，且举一例：如眼识之起，以有发识取境之跟根为因，所对之色境为缘而生，故眼根与色境为眼识生起，有为因缘之性云。二、大乘于六因中唯以同类因为因缘之性，余五因总为增上缘之性。详言之，则同类因游于因缘性与增上缘性，余五因唯为增上线之性。同类因为引生等流果之原因，又名自种因，即过去之善法，于现在之善法为因，现在之善法，于未来之善法为因，恶法、无记法亦然。如此诸法之亲因缘种子，为因缘因，又熏生此种子之现行法，为种子之因缘性，更生后自类种子之前念种子，为后起种子之因缘性，毕竟离为为诸法原因之种子，不可立因缘性也。因缘合成者，谓世间森罗万象，必自因（亲因）与缘（助缘）和合而成、此二者相合而生结果，谓之因缘合成。十二因缘及其观法，本书第三章"大觉世尊"译注④下已有略释，可参阅。

② 瑜伽吠陀（Yoga-Veda），此词不见于一般印度圣典中，不知是否为夜柔吠陀（Yajur-veda）之异译待考或瑜伽经（Yoga-Sutra）之误写。参见本书第一章"婆罗门之子"译注⑥所列各条。

③ 阿达婆吠陀（Atharva-Veda），意为"禳灾明论"，参见本书第一章"婆罗门之子"译注⑥。

④ 魔罗（Mara），亦译"么罗"略云"魔"，意为"能夺命""障碍""扰乱""破坏"等，恼害人命、障碍人之善事者。欲界之第六天主为魔王（又名波旬），其眷属为魔民，魔人，旧译之经论作"磨"，梁武帝改作"魔"字，其转义有"四魔""八魔""十魔"等分别，并有"治魔法"以对治之。四魔者：一、烦恼魔：贪、嗔、痴、慢、疑等烦恼，能恼害身心，故各为魔；二、阴魔，又云五众魔，新译云蕴魔：色、受、想、行、识等五阴或五蕴，能生种种之苦恼，故名为魔；三、死魔：死能断人之命根，故名为魔；四、他化自在天子魔，新译云自在天魔，欲界第六天之魔王，简称天魔，能害人之善争，故名为魔。此中第四为魔之本法，其他三魔皆类从而称魔也。详见智度论五，义林章六。八魔者：以上四魔加无常，无乐，无我，无净之四，是为八魔。以前四为凡夫之魔，后四为二乘之魔也。涅槃经二十二曰："八魔者，所谓四魔，（加）无常，无乐，无我，无净。"十魔者：一、蕴魔：色等五蕴，为众恶之渊薮，障蔽正道，害慧命者；二、烦恼魔：贪等烦恼，迷惑事理，障蔽正道，害慧命者；三、业蒙：杀等恶业，障蔽正道，害慧命者；四、心魔：我慢之心，障蔽正道，害慧命者；五、死魔：人之寿命有限，不利

修道，害慧命者；六、天魔：欲界第六天主作种种之障碍，害人之修道者；七、善根魔：执着自身所得之善根，不更增修，障蔽正道，害慧命者；八、三昧魔：三昧者，禅定也，躭著于自身所得之禅定，不求升进，障蔽正道、害慧命者；九、善知识魔：慳吝于法，不能开导人，障蔽正道、害慧命者；十、菩提法智魔：于菩提法起智执着，障蔽正道，害慧命者。见《华严疏钞》二十九。《止观》八曰："魔病者与鬼亦不异，鬼但病身杀身，魔则破观心，破法身慧命，起邪念想，夺人功德，与鬼无异。"欲治魔障者，或念三归五戒等，或诵般若经、菩萨戏本等，及大乘方等经所说之治魔呪，见《小止观》、《起信疏》等，又以念佛治之，见《止观》九之一。

⑤ 幻妄（MaYa），意为迷妄，简称幻，虚妄不实之谓，如幻想，幻觉，幻现，幻化，幻象，是也。

⑥ 此处所说之"悟"，恐仍系"理悟"或"小悟"，乃至"自以为悟"，而非"澈悟"或"大悟"，姑且译之为"省悟"，其间层次，读者看完全书，当有所悟。

※ 此非"译注"而是"添足"，一般读者读到这里，跟戈文达一样，对于悉达多之断然辞别，而不皈依佛陀这一点，难免有些疑惑不解：他既对戈文达说佛陀的言教无懈可击（"叫我怎能挑出它的缺陷？"），又对佛陀说"我亲眼目赌了一位真正的圣人"，而且，对世尊的仪态又赞佩得五体投地并愿自己亦有那样的风采，为什么又要离开佛陀和他那已经皈依的好友呢？不错，他见佛陀时曾说世尊的言教有个"裂缝"或"破绽"，但那也语焉不详，似藏机锋。关于此点，悉达多虽然曾经一再暗示和明说〔例如，先在戈文达皈依佛陀后说道："戈文达，我的朋友，你已跨进了一步（只跨了一步），你已选择了你的道路（声闻之道）。戈文达，你一直做我的朋友，一直跟在我的后头（跟人脚跟转）我常在心里想：难道戈文达不能自肯承当（埋没己灵）？

没有我就寸步难行了（亦步亦趋）么？现在你已是一个男子汉（仍未）了，并且已经选择你自己的道路（小道）（可惜换汤不换药：离了形影不离的好友，趋赴崇高遥远的世尊；不做悉达多的影子，却成了佛陀的影子〕。"继而他对世尊说："……您是以您自己的努力，以您自己的办法，利用思维，运用禅定，透过知识，经由觉悟达到这个目的。您没有从言教上学到任何东西，因此，世尊，我认为没有人可从言教上得到解脱。世尊，您无法用语言和言教将您在开悟那个时候所体验到的一切传授于人。"又说："大觉世尊的教言里面含容很多东西，教导很多事情——例如怎样过正直的生活，如何避恶向善，等等。但有一样东西，不在这种明白有用的教诲之中：世尊在成千上万的婆罗门中独自证悟到的那个秘密，不在这种言句里面。"又说："这就是我为什么要继续走我的道路，不再寻求其他更好教义的原因，因为我已知道，此外没有更好的办法——只有抛开一切言教，离开一切导师，自力达到目标，要不就是死掉！"但是，戈文达和一般读者仍然不知所云（被自己的见解障了眼睛。正是作者的手眼到处），以信为重的佛弟子也许要气愤地说："你这个梵志外道（佛徒对婆罗门僧人的通称），真是岂有此理！自以为了不起，敢跟世尊比肩！"或者："你这个伪君子，口是心非！既然口口声声称赞佛陀，为什么还不快快皈依？"甚至："可怜的外道青年，始终执迷不悟，见了真人当面错过，只怪他佛缘浅薄了！"总之，说他一无是处！

　　然而，这正是作者的手眼。（译序里曾经说他对中国的老庄颇为心仪，对于东方的禅道尤为感佩，并且可能有相当的见地和实际体验，这里得到了证明。）若不如此，怎见出黑塞的高明和恳切之处？关于此点，凡对禅籍有过涉猎或对禅境有些许体验的人都会知道，这是"禅门作略"，亦即勉人习禅的手段。作者既然是一位深通禅理的学者，"以文字作佛事"（某禅师赞东坡

流浪者之歌

103

居士语。紫柏大师赞曰："东坡老贼，以文字为绿林，出没于峰前路口、荆棘丛中，窝弓药箭，无处不藏，专候杀人（有偷心之人）；不眨眼索性汉，一触其机，刀箭齐发，尸横血溅，碧流成赤！）——亦印以文学为手段作传扬佛教、续佛慧命的事业，自然是理所当然的事。但他终是一位文学作家，不忘本分，只是以他所擅长的文体（东坡以诗词，黑塞以小说）——作他"现身说法"的媒介——唯有如此，才能有"山穷水复疑无路，柳暗花明又一村"。"初极狭，才通人，复行数十步，豁然开朗……"的回转趣味（否则的话，顶多写完前一部分，便难以为继了），也才能将"逍遥法外"的游子诱进门来——既不登坛说教，更不大写禅学论文。唯以此处来说，虽不必大写禅学论文，但偶尔引用一些专门术语，作为"标月之指"或"旅行地图"跟讲经说法一样，有时亦有它的功用。下面且试一试：首先温习话头：悉达多（小释迦）对于大觉世尊的言教和仪态佩服得五体投地，而他自己又是求道之人，既遇明师，为什么还不皈依？为什么还要"背父浪游"？因为，第一，他对教理已有相当认识（更少是自以为如此）；其次，他已体会到（如前所引）最高的境界，是实证问题，不能从别人口里或书上求得。这便是禅宗祖师苦口婆心，有时为了激发执滞言教、以言教为真理本身的学者，甚至不惜呵佛骂祖（"佛是老臊胡，经是拭疮疣纸"等等，不胜枚举）的原因，同时也是禅宗的眼目"直指人心，见性成佛"的所在：以"本分"为人的禅师初学者来说道理，不是捧喝齐施，就是说："学我者死！""好儿不使爷钱！""为人自肯乃方亲！""从门入者，不是家珍！""念回光，使同本！"——"别人替你不得！""无佛处不得住，有佛处急走过！""还知大唐国内无禅师么？""须知别有生路始得。"（等等破执之言，举不胜举：而自知"本分"的学者。）听老师说法开示，不是掩耳而走，就是说："不向如来行虚行！""宁可永合受沉沦，不从诸圣求解脱！"或者，有人问起师承问题时则说："某甲不学先师不得？"这一类自见白性、自证自得的诗、词、歌、赋，更是多得不胜枚举，外人看来，也许是背佛叛陀的大逆不道哩！殊不知这才是真正"绍隆佛种""传佛心灯""续命慧命""荷担如来家业"的大孝子、"方成父子之情"（佛与弟子之间的关系，往往以"父子"喻之）！才是大忠大仁，"移大忠作大孝"的真正模样！《西游记》一部大书，写唐僧到西天求经，有一偈提醒读者云："佛在灵山莫远求，灵山只在汝心头：人人有个灵山塔，好在灵山塔下修！"有月监居士，先学道家，后参禅有悟，著"艘若心经最上一乘心印"，开宗第一章，以客问："然则经疏所云耳根闻教，误圣？"立即答云："彼虽不误，于汝亦误，况佛经注解，多半出于声闻人之手？是以，执名滞相，心外有佛，心外有法，说道说理，究玄探妙，足以恰入心目而愈深其业识也。若不契心（自契本心）而契经（下矣！）不契经而契注（更下矣！）则亦终于声闻而已矣！是以达摩祖师云：'诸佛法印，匪从（他）人得！'沩山禅师云：'我说是我底，终不甘汝事！'临济禅师云：'山僧无一法与人，只是治病解缚！你取山僧口里语，不如休息无事去！'又云：'一念缘起无生，超出三乘权学！'大慧禅师云：'此事决定不在言语上。所以从上诸圣，次第出世，各各以善巧方便，切切恒恒，唯恐人泥在语言上。若在语言上，一大藏教，五千四十八卷，说权说实，说有说无，说顿说渐，岂是无言说？因什么达摩西来，却言单传心印，不立文字语言，直指人心、见性成佛？何因不说传玄传妙、传言传语？只要当人各各直下明本心、见自佛性！事不获已，说个心，说个性，已是大段狼藉了也！若要拔得生死根株尽，切不得记我说底！纵饶念得一大藏教，如瓶泻水，唤作运类入，不名运类出！却被这些字障却，自己正知见不得现前；自己神通，不能发现！只管弄目前光影，理会禅，理会道，理会心，理会性，理会奇特，理会玄妙——大似掉棒打月，枉费心神！如来说为可怜愍者！你不能一念缘起无生，只管一向在心意识边作活计（揣摩推测）才见宗师动口，便向宗师口里讨玄索妙！却被宗师倒翻筋斗！自家本命元辰，依旧不知落处！脚跟下黑漫漫，依前只是个漆桶！'"

那么，照此说来，佛说经论教义完全可以烧了（确是有人这么做过，不过很少）？这是习禅者最忌讳的话，叫做"徐方担板，只见一边"之见！有人说读经可以悟道（确实有过。只是不多）。便只管粘在经论上面（这叫做"只管数他宝，自无半文钱！"）有人说读经无益（如上所引），便完全撇在一边（这叫做"贪看天上月，失却手中桡！"）——都是要挨棒喝的偏执之言：对于执滞经论而忘记"本分"的人来说，说"三藏十二分教（经典）是拭疮疣纸"是"鬼神簿"是"系驴橛"绝对没错；对于善用经论而不忘"本分"的人来说，说"修多罗（经典）如标月指"，是"旅游指南"是"解脱药"，亦未尝不是，要在当人有限，不被经论遮住牵着鼻子走。古云："须读活句，不可读死句！"（古人有感于此，故将自己的著作称为杂毒人心的"烂葛藤""臭皮袜""涂毒鼓""鸩羽集""杂毒海"恐人泥著也）否则的话，便是聪明（小聪明）反被聪明误了。因此，佛陀听了悉达多那一番似是机锋的排斥言教之后对他说道："沙门啊，你很聪明。你知道怎样聪明地交谈。"又说："但是，我的朋友，谨慎小心些，不要聪明过度了！"这便是作者"有眼"的地方，只因他是一位不忘本分的文学作家，只是非常含蓄地点了一下，没有像上面所引的一样，说上一大堆烂道理，否则的话，他不但不成为一位文学作家，同时也要像上面所引的一档要吃棒喝了，而他的作品也就没人要读了！而上面所做的"添足"更是"画虎类犬"了，对于原作的纯洁性而言，真是奇丑无比的污染和扭曲哩！（古人比喻此种情况说："好一釜羹，被一粒鼠屎污却！"）更要吃上一顿痛棒，赶出门去！

　　总而言之，其所以有排斥经教和导师的倾向（并非绝对排斥）乃因禅悟的境界必须全身透入，当下直接体验，而非逻辑推理所可间接触及也。有留美学人某某某（姑隐其名）博士者，妙人也，在中国时报撰文纵论禅宗真髓，将铃木大拙在其英文禅学著作中析论此点所用的"非逻辑"（illogical）与"非理性"（irrational）两词译作"反逻辑"与"反理性"而大做文章，褒褒贬贬，洋洋洒洒，作成一篇连载四天的宏文（后来还被"宗教哲学"等刊物转载），真是不可思议！铃木地下有知，或会摇头大叹："冤哉！枉哉！'反'逻辑，'反'理性，岂是我意哉！"

流浪者之歌

第二部分

青楼艳妓

　　悉达多一路向前走着，可说步步都学到一些新的东西，因为这个世界不但已经变了，而他对它也能透入了。他看到太阳在森林和山岳的上面升起，而后在远方的棕榈岸上降落。到了夜晚，他看到星星在长空中闪烁，而新月形的月亮则像一叶轻舟似的在碧蓝之中浮泛。他看到树木，繁星，动物，云霞，彩虹，岩石，野草，闲花，小溪与江河，清晨在灌木丛中发亮的露珠儿，远方含翠映碧的高山；鸟儿歌唱，蜂儿嗡嗡，和风轻轻吹过稻田。所有这一切五光十色、变化多端的森罗万象，一向都这样展示着；太阳和月亮一向都这样照耀着；江河一向都这样奔流着；蜜蜂一向也这样嗡嗡着。但在此之前，所有这一切，对悉达多而言，只不过是掠过眼前的无常幻影而已，皆被他以不信的眼光看走了，皆被他以不屑的心情贬斥了，皆被逐出了他的思想境域，只因为他一向认为那不是永恒的实相，只因为他一向认为实相不在可见的形象这边。但是，如今他的目光在这边流连了；而今他不但看到，而且看清这种可见的形象了，而且在寻求他在这个人间的地位了。他不再追求实相了；他的目标已不在那边了。以如此单纯的赤子之心看待这个世界而不作任何有意识的追寻，这个世界便是美好的了。月亮和星星是美好的，小溪，河岸，森林与岩石，山峰与金甲虫，花朵和蝴蝶，无不美好。只要以如此赤诚，如此觉悟，如此直接而无任何疑虑的心情阅历这个世界，它就不但美好，而且宜人了。否则的话，有的地方，太阳灼热地燃烧；有的地方，林荫之中凉快清爽；有的地方，有的是南瓜和香蕉。昼和夜都很短促，每一个时辰都过得很快，好似海上的一片轻帆，尽管其下所载的是一船的宝贝，满舱的欢乐。悉达多看到森林深处有一群猴子在高高的枝丫之间活动，听到它们发出一声声狂热的叫唤。他看到一只公羊在追逐一只母羊，而后交配。在一面长着蔺草的湖中，他看到一条梭鱼在追逐它的晚餐，而一群群小鱼则仓皇乱跳，发出闪闪的银光，避之唯恐不及。由这个恼怒的追逐者所激起的快速漩涡，反映了它的力量和意欲。

所有这一切一向如此，只是他一向视而不见：他总是心不在焉。而今，他既心有所属，也就与之不相分离了。他由他的眼睛目睹了光与影，他由他的心灵知晓了月亮和星星。

一路上，悉达多忆起了他在只陀园林里所体验到的一切，记起了圣洁的佛陀对他亲口言宣的教示，想起了他的告别戈文达和与大觉世尊的对白。他想起了他对世尊所说的每一句话，而讶异地发现他居然说了他那时并未真知的东西。他对佛陀所说：佛的智慧与境界不可测度，难以言传，而他曾于某个省悟时辰证得的那种境界，正是他现在就要经验的东西，正是他此刻开始体悟的东西。他必须亲身体验一番才行。他早就知道他的自我就是神我，与大梵的永恒之性殊无差异，但他之所以一直没有真正找到他的自我，就因为他要以思想的网儿捕捞它。形体当然不是自我，感觉作用也不是，思维、理解也都不是，后天习得的知识和技艺更加不是，因为这些只可用来归纳结论，并从旧有的思想编织新的思想而已。这些都不是，这个思想的世界仍然未出此岸，因此，就算你摧毁了这个偶然自我的感觉，也不会达到所求的目标，只不过是以思想和学识将它喂饱而已。思想和感觉两者都是微妙的东西，究极的意义就潜藏在它俩的背面；此二者都值得谛听，值得玩味，既不高估，亦不轻视，只是凝神谛听两者的声音。他只要努力追求这个内在声音要他追求的东西，绝不滞于任何处所——除了这个声音劝勉他去的地方。翟昙佛陀为什么要在大悟的前夕端坐于那棵菩提树下，因为他听到了一个声音，因为那个声音在他自己心中要他到这棵树下打坐，而他既没有借助于苦行，献供，沐浴，或者祈祷，也没借助于饮食，睡眠，或者梦想。他只是聆听了那个声音，只是谛听那个声音，并准备服从它的劝勉，而不服从任何外来的命令——这是好事，这是必信必从的事。其他的一切皆无必要，皆属多余。

　　这天夜里，悉达多睡在一位摆渡人的茅舍之中，做了一个梦。他梦见戈文达穿着一身苦行僧的黄袍，站在他的面前，凄然地问道："悉达多，你为什么离开我？"他看出是戈文达，立即展开两臂拥抱他，但当他将戈文达拉近自己的胸前吻他时，忽然发现戈文达已不再是戈文达，而是一个女人，而这位女人的袍子里面竟露出一只丰满的乳房，悉达多则躺在那里喝奶，他感到来自这只乳房的奶味颇佳，甜美而又浓郁。这奶既有女人和男人的味道，更有太阳和森林的气息，动物和花草的气味，每一种水果以及每一种欢乐的滋味。它真是令人陶醉。悉达多一梦醒来，只见那条苍茫的河川带着隐约的闪光流过茅舍的门前，而森林的当中则传来一阵猫头鹰的鸣声，显得深沉而又清晰。

　　到了这天的日子展开之时，悉达多便请摆渡人将他渡到彼岸。摆渡人将他引上他的竹筏，开始渡河。宽阔的河面映闪着淡红色的晨霞。

　　"这是一条美丽的河。"悉达多对摆渡人说道。

　　"对，"摆渡人应道，"这是一条美丽的河。我很爱它，胜于一切。我经常谛听它，凝视它，总是跟它学到一些东西。一个人可以跟河学的东西多得很。"

"谢谢你了。好心的人，"悉达多一经登上彼岸，便向摆渡人说道，"我想我既没有礼物可以奉赠，也没有渡资可以缴付了。我是个出家之人，原本是个梵志之子，如今做了苦行沙门。"

"这点我可以看出，"摆渡人答道，"因此，我既没有指望你送我礼品，也没有指望你给我渡资。下次再给好了。"

"你认为会有下次吗？"悉达多高兴地问道。

"当然了。这也是我跟这条河学来的：事事物物，莫不皆有回转的时候。你这位沙门也不例外，也有转回的时候。后会有期，愿你以友谊作为给我的渡资！希望你在向诸神献供的时候想到我！"

他俩微笑着互说再见。悉达多对于这位摆渡人所表示的友好感到非常开心。他在心里想道：他跟戈文达一样，不禁暗自笑了起来。我在路上所遇到的人，个个都跟戈文达一般。每一个人都有感恩之心，而该受感谢的却是他们本身。每一个人都很谦逊，都很乐于助人，都愿做我的朋友，有求必应而无有求之想。人人皆有赤子之心。

到了晌午时分，他经过一座村落。孩子们在巷子里的泥屋前面溜来溜去。他们在以南瓜核子和贴贝壳子作赌。他们互相叫骂，且彼此扭打，但一见这个陌生的沙门来到，便都怯怯地跑了开去。到了村子的尽头，便有一条小径沿溪而行，而溪水的旁边则有一位年轻的少妇跪在那里洗涤衣裳。悉达多向她打了一个招呼，她便抬起头来带着微笑向他瞄了一眼。他以行人之间常行的习惯向她祝福，而后问她此去城市的路尚有多远。她立即起身向他走来，一双湿润的双唇在那青春的脸上发着诱人的光泽。她喋声软语地跟他交谈起来，问他有没有吃过中饭，沙门夜里是否真的在林中独宿而不许与女人共眠。接着，她将她的左脚踏在他的右脚上面，摆出一副勾引男人寻欢作乐的姿态，亦即圣书上所谓的诱引男人"上树"的神态。悉达多感到他的血液沸腾起来了，而当他此时再度看出他的梦境时，他微微向那个女的倾身过去，吻了她那只褐色的奶头。他仰头看去，只见她面带微笑，一脸骚劲，而她那双半开的眼睛更是充满了渴欲的祈求。

悉达多也感到了一阵渴求和性的冲动；但由于他从未碰过女人，因而犹豫了一下，将要伸出抓她的手缩了回来。因为，就在这一念之间，他听到了他那内在的声音喝道："不可以！"于是这整个幻术便从这位少妇的笑脸上面消失不见了。他轻轻摸了摸她的面孔，立即转身钻进竹林之中，离开了那个失望的妇人。

他在天黑之前到达了一座大城，心里感到非常高兴，因为他正有了一种与人厮混的欲望。他在林中已经住了很久一段时间，他昨天过夜所住的那间渡口茅屋，只是他长久以来所住的第一个有屋顶的居处。

　　这位行脚的沙门，在市郊一座未设围栏的林园旁边，遇见了一群携箱肩笼的男女仆人。在这群男女的前呼后拥之下，在一只由四名男人抬着的华丽肩舆上面有一个女人——他们的女主人，坐在一些上有七彩顶篷的红色座垫之上。悉达多不声不响地站在这座林园的入门旁边，静静地瞧着这个由男仆、女佣，以及箱笼所组成的行列。他目不转睛地注视那只肩舆和坐在其中的那位女士。在一片挽起的黑发之下，有一副非常明媚、非常甜美、十分聪慧的面庞；一张鲜红的小口，好似刚刚切开的无花果一般；一双柔美的眉毛，描成弯弯的弧状；一对乌溜溜的眼睛，显出聪明而又机灵的模样；以及一个白皙而又细长的颈子，伸出在她那身翠金的长袍之上。她的两手颇为修长，看来坚定有力，光滑而又柔嫩，腕间戴着一副宽阔的金色手镯。

　　悉达多目睹如此美丽的艳妇，内心感到一阵莫名的欣喜。他在这只肩舆从他面前经过的当儿深深鞠了一躬，随即抬起头来注视那副娇美的面孔，并在一刹那间，透入那双弧状的秀目，吸入了一种他从未闻过的香水的芬芳。在那一刹那间，这位美妇人微微点了点头，并隐约地微笑了一下，接着，便在她的仆从簇拥之下进入园中而消失不见了。

　　如此看来，悉达多心下想道，我是在福星高照之下来到此城了。他感到一阵冲动，禁不住要立即跟上前去，但他沉吟了一下，觉得未免有欠妥当，因为他忽然想到那些男女仆从鄙视他的眼神显得多么不屑，多么嫉护，多么绝情！

我仍是一个沙门，他在心里想，仍是一个苦行僧，仍是一个乞者。我不能这样下去；我不能以这副模样进入园中。想到这里，他不禁笑了起来。

他向他碰到的第一个人探问那个女人名叫什么，结果得知她是名妓渴慕乐①，除了拥有这座林园之外，城里还有一幢住宅。

于是他进入城中。他只有一个目标。为了达到这个目标，于是四下巡察这个城市，他在迷宫样的大街小巷之间钻来钻去，到处止步观望一下，而后坐下在通往河边的石阶上面休息。到了黄昏时分，他与理发师的一个助手搭上了关系，他曾看到他在拱门的阴凉下面工作。之后又看到他在毗纽②神庙里面祈祷，并在庙里听他讲述毗纽天神和吉祥天女③的故事。到了夜里，他睡在那里河上的一艘小船之中。而到了次日清晨，在第一批顾客来到理发铺之前，他就要理发师的助手将他的胡子刮掉，并在他的头发上面抹了一些香油。然后便到河中沐浴，洗了一次澡。

薄暮时分，当美丽的渴慕乐坐着她的肩舆来到她的林园时，悉达多已在那座园子的门口等着她了。他向这位妓女鞠躬行礼，也得到了她的回敬。他向走在行列末尾的一个仆人招手示意，要他向他的女主人通报：有一位婆罗门青年渴望与她交谈。隔了一会，那位仆人走了回来，要悉达多跟着他走，不声不响地将他引入一座天篷之中，接着便转身走了开去，而美丽的渴慕乐已躺在篷下的一张卧榻之上了。

"你昨天不是在外面向我敬礼的吗？"渴慕乐问道。

"一点不错，我昨天看到你时曾向你敬礼。"

"但你昨天不是有一脸胡子和一头长发，而且发上满是灰尘的吗？"

"你的眼睛真是厉害，可说看得巨细靡遗。你看到的是婆罗门之子悉达多，他为了入山苦修而出家，结果做了三年的苦行沙门。不过现在我已离开那条道路而来到了这个城市，而我在入城之前遇到的第一个人就是你。啊，渴慕乐，我来这里是要向你报告：你是悉达多不敢举目相看的第一个女人。从此以后，我遇到任何漂亮女人，再也不会不敢举目相视了。"

渴慕乐听了颇为高兴，微笑着摆弄手中的孔雀羽扇，问道："悉达多来到这里就是要对我说这些吗？"

"我来这里就是要向你说这些，同时也要大大感谢你，因为你长得太美了。并且，渴慕乐，假如不太拂逆尊意的话，我还要要求你做我的朋友兼老师，因为我对你所拿手的艺术还一窍不通哩。"

渴慕乐听了这话，禁不住纵声大笑起来。

"从没见过一个苦行沙门从森林里面到这里来拜我为师。从没见过一个满头长发的苦行沙门围着一条破旧的腰布来我这里。到我这里来的不但多是青年人——其中不乏婆罗门的子弟——而且都穿着上好的衣装，上好的鞋子，并且他们的头发上面还散发着发油的芳香，荷包里面都携带着金钱。啊，沙门，那些青年人都这样装扮一通才来我这里。"

悉达多说道："我已在开始向你领教了。昨天我就已经学到一些东西了。我已经刮掉了我的胡子，梳洗了我的头发，并且还搽了一些香油。我的女士阁下，所缺实在并不很多，只不过是上好衣服，漂亮鞋子，跟荷包充实而已。这些都是微不足道的小事，悉达多完成过比这要困难多多的事儿。我没有理由不能达到我昨天决定达到的目标——做你的朋友，向你求教爱的艺术。渴慕乐，你会发现我是一个可教的英才。比你要教我的课程，我曾学过更为难学的东西。如此说来，对你而言，悉达多除了头上搽油还不够格，只是欠缺衣装，欠缺鞋子，欠缺金钱而已！"

渴慕乐笑着说道："不错，他还不够格。他不但要有衣服，而且要有上好的衣服；不但要有鞋子，而且要有漂亮的鞋子；不但要有金钱，而且要有很多的金钱；并且，还要送些礼物给渴慕乐——这才像话。你这来自林野的沙门，知道么？明白么？"

"非常明白！"悉达多叫道，"出自这样一张美丽嘴巴的话，我怎会不明白。渴慕乐，你的嘴巴像一枚刚刚剖开的无花果。我的双唇也还鲜红，一定可以配你的，不久你就会看出。不过，美丽的渴慕乐，我问你：你对一个从林野来学爱艺的沙门，难道一点都不害怕么？"

"一个来自丛莽，原与虎狼为伍，对于女人毫无所知的愚笨沙门，有什么好怕的！"

"哦，这个沙门不但非常凶悍，而且毫不惧怕哩！美丽的女士，他会逼迫你，他会打劫你，他会伤害你哟！"

"啊，沙门，我才不怕这些！你有没有听说过一个沙门或婆罗门怕人家会来袭击他？怕人家会来打劫他的知识？抢去他的虔诚？夺走他那深思冥想的本事？没有。为什么？因为，所有这些东西完全属于他自己，因此，只有他愿意传授的人才可以得到，而这完全要看他是否愿意而定。对于渴慕乐，对于爱的快乐，也是这样。渴慕乐的双唇确是漂亮，可爱，但假如你要违反渴慕乐的意愿去亲它们的话，那你一点甜头也不会尝到——虽然，它们非常善于施与甜蜜。悉达多，孺子可教，你是一个善解人意的学子，那就也来求求这门学问吧。一个人可以在街上乞求，购买，以及受赠而得爱情，但永远偷它不到。不要误会。对了，像你这样一个优秀的青年，如果发生误会，那就非常可惜了。”

悉达多欠身微笑说道：“你说得很对，渴慕乐，发生那样的误解，确实可惜，非常可惜！你的双唇绝对不会失去一滴甜蜜，一滴也不会，我的亦然。那么，悉达多一旦具备了他所缺少的资格——衣服，鞋子，金钱——就再来拜见了。不过，聪慧的渴慕乐，请问你：可不可以给我一点点儿指示？”

“指示吗？有何不可！对于一个贫穷无知，来自山野狼群的苦行沙门有谁不愿提供一些指示？”

“那么，亲爱的渴慕乐，我要尽快地求得这三样东西，请问我该到哪里去求才好呢？”

“我的朋友，想要知道这点的人很多。你只有以你所会的专长去做事赚钱，拿钱去买衣服和鞋子。一个穷人，只有如此，否则是得不到钱的。”

“我会思索，我会等待，我会断食——这是我的专长。”

“别无长处了？”

“别无长处了。啊，对了，我会做诗。我献给你一首诗，你赐给我一个吻，如何？”

“可以，但你的诗要合我的意才行。你的诗怎么说？”

悉达多略一思索，即席吟道：

有美人兮渴慕乐，

翩翩来到林园角。

黑沙门兮悉达多，

惊见青莲把揎作！

笑可掬兮渴慕乐，

青年沙门心思索：

与其献供于诸神，

不如献身渴慕乐！

渴慕乐听了不禁猛然鼓掌，连两只手上的金镯也都叮当作响起来。

"啊，黑沙门，你的诗做得可真不赖，我给你一吻作为代价也真没有什么损失。"

她用她的眉目将他吸近她。他将他的面孔对着她的面孔，将他的口唇贴着她的口唇——像是刚刚剖开的无花果的湿润红唇。渴慕乐给了他一个深深的亲吻，使得悉达多大感意外的是，在这一吻中，他感到她教给他好多东西，感到她是多么聪明，感到她怎样主宰着他，怎样拒斥着他，怎样诱惑着他，因而使他明白，在这个长长的深吻之后，还有一连串与此完全不同的热吻在等待着他。他呆呆地伫立着，深深地喘息着。当此之时，他像个无知的小孩一般，惊异于此种圆熟的学识在他的眼前现身说法。

"你的诗写得很好,"渴慕乐说道,"假如我是个富婆的话,我会因此赏你一些钱。不过,要想靠写诗赚到你所需要的钱,那将很难。因为,你所需要的钱将会很多——假如你要做渴慕乐的朋友的话。"

"渴慕乐,你实在太会接吻了!"悉达多愣愣地说道。

"对,一点也不错,这就是我所以不缺衣服,鞋子,镯子,以及其他各式各样美好事物的原因。可是我要问你:你将做些什么呢?你除了思索,断食,以及作诗之外,难道别的什么都不会做了吗?"

"我也会唱祭词,"悉达多答道,"不过,我已不再唱那些了。此外,我也会念咒,不过我也不再念这些了。我曾读过经书……"

"等一下,"渴慕乐插口说道,"你会读会写么?"

"当然会了。会读会写的人多的是。"

"并不很多。我就不会。你会读会写,实在太好了,太好了。甚至于你也许用得着咒文。"

说到这里,忽有一个仆人进来,在他的女王耳旁悄声了一些什么。

"我有客来,"渴慕乐说道,"悉达多,赶快走开,不要让人看到你曾来这里。明天我会再跟你见面的。"

然而，她却令那位仆人拿一件白袍子给这位神圣的婆罗门。悉达多不知道发生了什么事，只得跟着那个仆人走开，在那个仆人引导下走过一条迂回曲折的小径，来到园中的一座小屋里面，接过那件袍子，进入浓密的乱林之中，而后听受明白指示：尽快离开林园，不要让人看到！

　　他心甘情愿地奉令而行。惯于林居生活的他，轻悄地走出了林园，越过了树篱。他心满意足地返回城市，腋下夹着那件卷起的长袍。他站在一家旅客聚会的客店门前不声不响地乞食，不声不响地接受了一块米糕。他在心里想：到了明天，也许就不必乞食了。

　　他忽然被一阵自负之感所夺：他已不再是一个苦行沙门了，因此，对他而言，行乞也就不再合适了。他将那块米糕给了一条狗，因而粒米未进。

　　悉达多心想，在这儿过活非常简单，可说毫无困难。我在山中修行的时候样样皆难，不但艰难，而且可厌，并且到了最后，简直没有指望。如今一切易如反掌，就跟渴慕乐所授的接吻课一样，毫不费力。我需要衣服和金钱，不过如此而已。这些都是容易达到的目标，不会令人烦得难以入眠。

　　他早就打听过了渴慕乐城中的住宅，因此，一到次日，他就径往那里拜访了。

　　"事情进行得很顺利，"她一见他来就打招呼说道，"渴慕斯华美④希望你去见他：他是本市最富有的殷商。你如讨他欢喜，他就会录用你。聪明些，黑沙门！我已透过关系人在他面前提过你的名字了。对他友好些，他很有势力，但也别过于卑躬屈膝。我不要你做他的奴仆，我要你跟他平起平坐，以平等待遇相处。否则的话，我会对你不悦。渴慕斯华美已经开始渐入老境，不免有些怠惰。只要你能得他欢心，他就会非常倚重你。"

悉达多向她致了谢，高兴得大笑起来，而当她得知他这两天尚未饮食时，就令仆人去取面包和水果来侍候他。

"你是好运当头，"临别时她对他说道，"一道道的幸运之门已经为你打开了。这是怎么回事？你有法术？"

悉达多答道："昨天我曾对你说过：我知道如何思索，等待，以及断食，而你认为这些没有用处；但你不久就会看出，用处大得很哩！渴慕乐，不久你将看出这个来自丛莽的愚笨沙门学了不少有用的东西。前天我还是一个蓬头垢面的乞丐，昨天我就吻了美丽的渴慕乐，不久我就成为一个商人，进而有钱有势和你所珍视的那些东西。"

"非常顺利，"她同意道，"但是，如果不是我渴慕乐，你将如何发迹？倘然不是渴慕乐助你一臂之力，你哪有今天？"

"亲爱的渴慕乐，"悉达多答道，"当初我来到你的园中见你，我就踏出了第一步。那时我就拿定主意，要拜这位无与伦比的美人为师，讨教有关情爱的种种学问。并且，在我下定这个决心的当儿我也知道：我将付诸行动。我知道你会助我一臂之力；我在你入园之初向我瞥视的当儿就已感到了此点。"

"假如我不想助你一臂之力呢？"

"但是你确有此意。听吧，渴慕乐，你一旦将一粒石头投入水中，它就以最快的方式沉入水底。同样的，悉达多一旦有了一个目的，有了一个目标，他就会无为而为；他可以等待，可以思索，可以断食，只管透过人间的事物，就像石头穿过水中一样，不用庸人自扰：他只要顺应引力法则，让它自动沉落即可。他只是让他的目标吸引着他，因为他根本不容许与此目标背道而驰的东西进入他的心底。这就是悉达多从那些沙门学来的法术。愚人称之为魔术，认为是由驱使魔鬼而成。魔鬼什么也做不成；世上根本没有这种东西。每一个人都可以行使魔术，每一个人都可以达到他的目标——只要他能思索，等待，以及断食，就行。"

渴慕乐静静地听他现身说法。她爱他的嗓音，她爱他的眼神。

"我的朋友，"渴慕乐轻柔地说道，"道理也许正如你所说的一样，但那也许由于悉达多是个英俊男子的缘故，因为他的注视能得女人的欢喜，那是他的幸运之处。"

悉达多吻了她，向她告辞，"但愿如此，我的老师。但愿我的注视永远使你欢喜，但愿好运永远因你而降临于我！"

【译注】

① 渴慕乐（Kamala），此字如果写成Kāmalā，则读"迦摩罗"或"迦末罗"，意为"黄疸"（jaundice），在此似乎无甚关联。作者用意，显系取其前面两个音节，亦即Kāma，含有"欲"（desire），"爱"（love），"意愿"（wish）之意，又为"饿鬼"（a hungry spirit）之专称，在此或取色欲之爱之意。后加la音，或求稍变，以免太显，或作肋语，以便称呼，待考。此字与dhātu连用，则成"欲界"（Kāmadhātu），读作"迦摩驮都"，意为欲的境界（the redlm of desire），感官满足的世界（The realm of sensuous gratification），包括我们这个世界与六欲天（This world and the six devaloKas），亦指欲的要素未能克制或消除的任何世界（any world in which the elements of desire have not been suppressed），由上可知这个人物所代表的意义，译作"渴慕乐"取其音、义略相近似之处。《唯识论》五曰："云何为欲？于所乐境希望为性，勤依为业。"杂阿舍曰："欲生诸烦恼，欲为生苦本。"故有"少欲知是"之戒。有"三欲""五欲""六欲"等等名目。"三欲"者：一、形貌欲；二、姿态欲；三、细触欲。见涅槃经十二。"五欲"者：色、声、香、味、触是也。能起人之贪欲之心，故称欲。"六欲"者：一、色欲；二、形貌欲；三、威仪姿态欲；四、言语音声欲；五、细滑欲；六、人想欲。此六法能引起人之贪欲心，故称欲，见智度论二十一。

② 毗瑟殁（Vishnu or Visnu），亦译"韦纽天""毗糅天""违纽天""征瑟纽""毗纽天""毗瑟纽""毗瘦纽""毗瘦纽""毗瑟怒"，为自在天或那罗延天之别名，有"无所不遍"及包容一切之意，在印度教的创造者梵王（Brahma）、保存者毗纽（Visnu）、及破坏者湿婆（Siva）三体（The Trimūrti）中为第二位。他的配偶是吉祥天女（见本章译注③）。中国学者对他的描述是：于劫初出生于水，有一千个头和两千只手；他的肚脐中出现一朵莲花，而梵天则由此莲花发展而成。

③ 吉祥天女（Laksmi or Sri），亦称"功德天"，音译"落吃涟弭"，在印度的后期神话中，常被视为掌运气和美貌的女神，也是毗瑟纽天或那罗延天神的配偶，据说是出于海洋，因手持莲花，故亦被称为"莲花"，更以种种方式与莲花连在一起。据考，这位女神之所以与观音菩萨有些混淆不清，可能系因人们将此印度女神的此一特性归于观音大士而起。

④ 渴慕斯华美（Kamaswami or Kamasvami），此名系由"渴慕"，亦即"欲"（见本章译注①）加"斯华美"，亦即"能够控制心意和感官的人"，配合而成，其意可从这个中文译名略窥一斑。

随俗浮沉

悉达多去拜见那位商人渴慕斯华美，被人引进一幢富丽的住宅。仆人领着他踏过一些贵重的地毯，将他带进一个华丽的客厅，请他在那里等候此宅的主人。

渴慕斯华美进来了，看来是一位谦和而又有活力的人，头发虽然已经有些斑白，但眼神仍然显得相当精明而又谨慎，并且，他那一张嘴长得也很性感迷人。宾主互相问好，态度十分和善。

"有人对我说，"这位商人开口说道，"你是一位婆罗门，是一位有学问的人，但你要投效一位商人。那么，婆罗门，向人找事做，表示你有所需了？"

"不然，"悉达多答道，"我并无所需，从来不缺什么。我出身苦行沙门，与他们生活了一段很长的时间。"

"你既出身沙门，那怎能说你没有所需呢？大凡沙门，岂非空无长物么？"

"我是空无长物，"悉达多说道，"假如你的意思是指此点的话，我确是空无长物。但我有的是自由意志，因此我不缺什么。"

"不过，你既空无长物，那你如何生活呢？"

"先生，关于此点，我从来没有想过。我空无长物活了将近三年的时光，从来没有想过我靠什么生活。"

"如此说来，你是依靠他人的财物为生了？"

"显然如此。商人亦靠他人的财物为生。"

"说得好，但商人不会白取，他有货物作为交易。"

"世事似乎如此。各有所取，各有所予。人生就是这样。"

"啊，但你身无长物，以何为予呢？"

"人人奉献所有。军士有气力，商人有货物，教师有知识，农夫有粮食，渔人有鱼虾。"

"说得很好，那么你有什么？你学了什么可以奉献的东西么？"

"我可以思索，可以等待，可以断食。"

"就只这些么？"

"我想就只这些了。"

"那么，这些又有什么用处呢？就以断食为例吧，那有何用呢？"

"先生，用处大哩。一个人如果没有东西可吃，最好的办法，就是断食。举例言之，设使悉达多没有学会断食的话，今天他就得去找某种工作了，如不向你找，也得到别处去找，因为饥饿不饶人，定会逼着他去找。但因悉达多学会如何断食，所以他就可以不慌不忙地等待。他不致烦躁不安。他不缺什么。他可以挥去饥饿，久久相安无事，且能以一笑置之。因此，先生，断食大有用处哩。"

"沙门，算你有道理。且待一会儿。"

渴慕斯华美走出客厅，取来一个纸卷，递给他的客人问道："你可以读这上面的东西吧？"

悉达多看了看那纸卷，见上面写的是一份买卖契约，于是开始读诵它的内容。

"好极了，"渴慕斯华美说道，"那么，可否为我在这张纸上写些什么吧？"

说罢，他便递给他一张纸和一支笔，而悉达多接过纸笔，便写了两句名言，双手奉还。

渴慕斯华美捧读道："会写固好，会想更好，聪明固佳，能忍更佳。"

"你写得非常之好，"商人称赞道，"我们将有很多的事情要谈，但今天我先请你做我的嘉宾，且住在舍下。"

悉达多道谢接受了。现在，他就住在这位商人家里了。仆人为他取来了衣服和鞋子，并每天为他预备一次沐浴。每天侍候两餐可口的美食，但他一天只吃一顿，既不吃肉，亦不喝酒。渴慕斯华美对他说些生意方面的业务，并带他看了商品和货栈，以及相关的账目。悉达多学了不少新的东西：他多用耳朵而少用嘴巴。他谨记渴慕乐的叮咛，对于这位商人绝不趋炎附势，只将他当做一位地位平等的同辈看待，有时甚至还有点盛气凌人。渴慕斯华美谨慎经营，往往因为有些情急而痛苦，但悉达多完全不当回事，视做生意如游戏；他用功学好此中的规矩，但不使他的心情受到干扰。

他在渴慕斯华美的家中待了不久，便已分担了老板的义务。但是，日复一日，一到渴慕乐邀他过去的时辰，他便前去拜见这位美丽的艳妓——穿着漂亮的衣服，精致的皮鞋，并且，不久之后，还带一些礼品给她。他在她那一对慧黠的红唇上面得了不少学问，她那双光滑细腻的手也传了他很多东西。他在情场方面尚是一个初出茅庐的小子，往往盲目地纵身其中，不顾一切地潜入它的深处，而致贪得无厌，而她则向他委曲开导，是要先付出而后才能得到乐趣；每一种姿势，每一种爱抚，每一种接触，每一种注视，乃至身体上的每一个部分，莫不皆有它的奥秘，只要你摸到它的窍门，都可得到无上的快乐。她指示他说，情侣做爱之后，不可遽然分离，必须互相欣赏，要有征服和被征服的意愿，才不致有厌倦或落寞、虐待或被虐待的可怖感觉出现。他与这位聪明的艳妓共度美妙的时光，做了她的门人，爱人，以及友人。他眼前的人生意义和价值，都寄寓在渴慕乐这里，而不是放在渴慕斯华美的商务上面。

那位商人将重要信函和订单都交给他写了，并且，对于重要商务，也能逐渐习惯于和他商量着办了。不久，他看出悉达多对于稻子和羊毛，货运与贸易等事知之甚少，但他也看出悉达多却有一种可喜的窍门，而在沉着从容方面，可说非他自己所可企及，尤其是在善于听人说话以及使陌生人产生良好印象方面，更非他自己所能办到。"这个婆罗门，"某次，他对一位朋友说道，"根本不是一个商人，往后也不会变成一个真正商人；他总是不把心思放在生意上。但他跟那些无为而治的人一样，自有他的诀窍，不知是生来吉星高照，还是驱使鬼神所致，抑或是跟沙门学了某种妙诀。他做生意似乎总是如玩游戏，总是有些心不在焉。他总是不能完全投入，总是不怕失败，总是不怕损失。"

他的这位朋友劝他："将他为你经营所得的利润给他三分之一，万一发生亏损，也要他按照这个比例分担，如此一来，他自然就会比较热心了。"

渴慕斯华美听了这个劝告，尝试依而行之，但悉达多依然故我，仍是不大在意。如果赚到利润了，他就默默地领受；如果赔多了，他就笑笑说："啊哈，这笔生意不太顺手。"

实际说来，他对生意似乎确实有些漠不关心。某次，他出差到某个村庄收购大批稻子，但他迟了一步，等他到达目的地时，那儿的粮食已被另一位商贾买走了。虽然如此，悉达多却在那个村上盘桓了数天，不但款待了那里的农友，赏钱给他们的孩童，还在那里参加了一个婚礼，可说尽情尽兴而返。渴慕斯华美怪他没有立即返回，以致虚掷了时间和金钱。悉达多答云："我的朋友，不要责备。责备是成就不了什么事的。倘有亏损，我愿补偿。我对此行十分满意。这次我不但结识了许多好人，还和一位婆罗门做了朋友，并且，孩子们在我的膝上爬来爬去，农友们还带我去看了他们的农地。没有一个人将我当作商人看待。"

"那倒非常之好，"渴慕斯华美勉强地承认道，"可是事实上你是一个商人。否则的话，你岂不是只为玩乐而出差了？"

"我确是为了玩乐而出差，"悉达多笑道，"有何不可？这次我结识了许多朋友，看了一些新的地区。我得了他们的友谊和信心。且说，如果我是你渴慕斯华美的话，一见生意无法做成，马上就得赶回来，而时间和金钱都已浪费了，自然会感到非常烦恼。但我却过了几天好日子，学了不少东西，得了不少乐趣，却未因为烦恼或匆忙而伤害到自己和别人。假如我有机会再度前往的话——为了收购二期粮食，或者因了别的目的——那些友好的人将会接待我，而我也会因为没有显得匆忙和不快而大为高兴。不论如何，我的朋友，如今事情既已过去，就让它过去吧，不要因了责备别人而损害你自己吧。假如有一天你认为这个悉达多对你是个祸害，只要一句话，他就会自动滚蛋。但在那个时候还未来到之前，且让我们以好友的关系相待吧。"

这位商人尝试要使悉达多相信：他吃的是他渴慕斯华美的饭，但结果还是白费工夫。悉达多认为他吃的是他自己的饭。尤甚于此的是，他还认为他俩所吃的都是别人的饭，都是众人的饭。悉达多对于渴慕斯华美的烦恼总是不太理会，而渴慕斯华美的烦恼偏偏很多。设有一笔生意眼看就要失败了，设有一批寄交的货物失落了，或者，有人欠债而无力偿付了，渴慕斯华美总是无法相信，向这位合伙人吐些苦水或口出怒言，使额头增添几许皱纹或睡不安枕，究有什么用处。某次，渴慕斯华美提醒他，说他从他那里学到了每一样东西，悉达多不客气地反驳道："少说这样的笑话。我跟你学到的是一篓鱼值多少钱，借钱给人可索多少利息。这是你的学问。但我可没有跟你学习如何思索啊，我亲爱的渴慕斯华美！如果你向我学学这点，情形就会好得多！"

他确实没有把生意放在心上。做生意可以使他有钱送给渴慕乐，这是有用的，而这的确是可以使他赚到比真正需要更多的钱，尤甚于此的是，悉达多只把同情心和好奇心放在人们的本身上面，对于他们的工作，烦恼，欢乐，以及愚行，不但毫无所知，而且比到月球还要遥远。尽管他感到，跟每一个人交谈，与每一个人相处，向每一个人学习，都是非常容易的事，但他也非常明白地觉到一个事实：总有某种东西隔在他与他们之间而使他无法与他们打成一片——而这又出于这样一个事实：他曾当过苦行沙门。他目睹人们像儿童或动物一般活着，而这使他感到既可爱又可憎。他目睹他们辛劳，目睹他们受苦，目睹他们为了在他看来似乎不值得烦恼的事情——金钱，些许的快乐，以及微不足道的荣誉——而弄得面色发青，乃至两鬓添霜。他目睹他们互相责骂，彼此伤害；他目睹他们为了沙门一笑置之的痛苦而哀伤，为了沙门不关痛痒的损失而受折腾。

人们无论给他带来什么，他都接受。他欢迎向他兜售亚麻布的商人，他欢迎向他借钱的债务人，他欢迎向他诉穷的乞丐，尽管这个乞丐没有任何苦行沙门穷。他对外来的富商与对为他修面的仆人没有两样，与对待向他兜售香蕉的小贩也无两样，并且还让他自己被窃去一些小钱。假如渴慕斯华美来向他诉苦，或为了某件生意而有所责备，他也带着好奇心全神贯注地听他叙述，对他表示惊讶，努力体会他的意思，并在似有必要的时候稍稍让他一下，然后掉过头去，转向另一个前来找他的人。而前来找他的人很多——很多人来找他谈交易，很多人找来欺骗他，很多人来听他的意见，很多人来求他的同情，很多人来听他的忠告。他给人忠告，他予人同情，他送人礼物，他让他自己稍稍受点欺骗，他让他的心念忙于人人都玩的这些游戏和交情，就像他以前让他的心念忙于婆罗门所玩的那些神明和大梵一样。

有时候，他听到一个温和而又文静的声音在他内心中轻悄地提醒他，悄悄地诉说着，轻悄得几乎使他无法听清它在说些什么。而后，他忽然明白地看出了：他在过着一种怪异的生活，他在做着许多只是儿戏的事情，他虽十分快活，有时还会感到快乐，但真实的生命却从他的身旁流过而没有触及他。跟球手玩弄他的皮球一样，他玩着他的生意，并与他身边的人玩耍：他观察着他们，从他们身上得些娱乐；但他的本心，他的真性，却没有放在这些上面。他的真正自我离得远远的，在别处游荡，不息地游荡，非仅不可得见，而且与他的生命了不相干。有时候，他因了骇怕这些念头而希望他也能热切地从事他们那种稚气的日常事务，真真实实地加入他们之中去过他们那种生活，而不只是作为一个旁观者从旁观望。

他经常拜访美丽的渴慕乐，经常向她学习爱的艺术，而在这种艺术当中，最重要的一点就是施与受之不二。他对她讲话，以她为师；他给她劝告，受她劝告。她了解他甚于以前的戈文达。她比戈文达更像他。

某次，他对她说："你跟我一样：你与众不同。你是渴慕乐而不是别人，而你内心有一种平静和圣堂，随时随地都可退到那里面独自称尊，像我一样。尽管人人莫不有份，但可以得其受用的人却少之又少。"

"并不是人人都是聪明伶俐的啊。"渴慕乐答道。

"渴慕乐，这与聪明伶俐并没有什么关系，"悉达多说道，"渴慕斯华美跟我一样聪明，然而他的内心却没有可以求得庇护的圣堂。别的人也有这种圣堂，不过他们在认识方面只是学童而已。渴慕乐，许多人都跟落叶一样，在空中随风飘荡，经不住几下翻转就落到了地上。只有少数的人像太空里的明星一般，循着稳妥的轨道运行，风雨影响不了他们，因为他们的本身之中自有自己的指标和道路。在我所认识的这一切智者之中，有一位已达完美之境的人，那就是我怎么也忘不了的大觉世尊，如今他正在传播这种福音。每天都有成千累万的青年听他讲经说法，并且时时刻刻信受奉行，但他们仍然只是正在下降的落叶，因为他们的心里还没有这种智慧和向导。"

渴慕乐睁大着眼睛向他微笑着。"你又在谈他了，"她对他说道，"你的沙门念头又出现了。"

悉达多默不作声，于是他们来玩爱的游戏——玩渴慕乐所知的三十或四十种不同玩法之中的一种。她的身体非常柔软，犹如美洲虎，一似猎者弓。凡是向她学过此术的人，都会得到种种乐趣，种种奥妙。她与悉达多玩了好一阵子，拒斥他，压倒他，征服他，以她的纯青技巧娱乐他，直到他完全被她制服而筋疲力尽地卧倒在她的身旁。

这位艳妓俯身在他的上面，紧紧地盯视着他那副疲倦的面孔。

"你是我的最佳情人，"她若有所思地说，"你比别的人都更强壮，都更温顺，都更情愿。悉达多，你已把我的艺术学得很好了。待些时候，等年纪大些，我要为你生个孩子。可是，我亲爱的，你至今仍是一个沙门哩。你并不真的爱我——你并不爱任何人。我说对了没有？"

"也许，"悉达多倦倦地回答道，"我跟你一样。你也不能爱人，否则的话，你怎么可以把爱当作一种艺术来操作呢？像我们这样的人也许没法爱人。一般的人反而倒能——这是他们的妙处。"

生死轮回

悉达多一直过着俗世的生活，却未完全投入其中。他在做苦行沙门期间加以扼杀的感官知觉，如今又都复活了。然而，他虽品尝了财富、情欲以及势力的滋味，但是，过了一段很久的时间，他在骨子里仍然保持着一种沙门的心态。聪明的渴慕乐当然会看出此点，他的生活一直受着思索，等待，以及断食之术的支配。俗世的人们，一般的常人，仍然与他保持一段距离，正如他仍未与他们打成一片一样。

岁月如流水。悉达多一直生活在舒服的环境中，几乎没有觉察到时光的流逝。如今他已成了富人。他不但早就在郊区河畔置就了属于他自己的花园住宅，而且也有了听他自己使唤的仆从。人们仍然喜欢他，手头不便或有事求教时就来找他。然而，除了渴慕乐之外，他仍然没有结交到亲密的朋友。

他在年轻时候，在与他的朋友戈文达分手之后，在听世尊说法之后的那些日子当中所曾体验的那种忘形的光辉悟境，那种警觉的期待，那种卓然自立、绝不依傍经师的豪气，那种恭聆内心梵音的急切之情，都已逐渐变成了一种往事而消逝了。那个曾经在他附近、曾经在他心中高唱的唯一源头，如今已在远方喃喃低吟了。不过，他从那些沙门，从大觉世尊，从他自己的父亲以及其他婆罗门处学到的许多东西：节制的生活，思维的快乐，静坐的功课，自我的认知，非色非心之永恒自我的奥秘——所有这些，仍然保持了一段很长的时间。在这许多东西之中，有些仍然保持着，另外的一些则被尘土遮盖，被尘土埋没了。正如陶师的转轮一样，一旦拉动起来，便可继续转上好一阵子，而后逐渐缓慢，最后终因余势已尽而停住，苦行沙门的转轮，思维冥想的转轮，分别抉择的转轮，亦皆如是，在悉达多的心灵之中转动了很长一段时间，至今仍在旋转着，但已逐渐缓慢了，已经有些沉滞了，已经快要静止了。缓缓地，就像潮湿的空气，缓缓地侵入垂死的树身，缓缓地充塞其中，缓缓地腐蚀着它一样，世人的这种惯性亦悄悄地进入了悉达多的心灵，缓缓地充塞其中，使它沉重，使它倦怠，终而至于将它送入睡乡了。但在另一方面，曾被压制的感官知觉却显得更加清醒了，因而使他学了很多的东西，经验了许多事情。

悉达多不但学会了如何处理商场业务，而且学会了怎样运用权力，怎样以女人自娱；他不但学会如何穿着上好衣装，同时也学会了怎样使唤仆从，怎样在香喷喷的水中沐浴。他不但学会了享受精致的点心和佳肴，同时也学会了啖食附加各种作料的鱼、肉、鸡、鸭，并喝上好的美酒，使他自己变得懒散而又健忘。此外，他不但学会了掷骰子，赌棋子，看跳舞，坐肩舆，睡软床，并且还总是自觉与众不同，高人一等，总是带着一些藐视，一些不屑的眼光看人，而那正是苦行沙门用以看待世人的眼色。设使渴慕斯华美心情烦躁了，设使他觉得受到屈辱了，设使他被他的商务弄烦了，悉达多总会以他那嘲讽的神情看待他。但是他那种嘲弄别人的优越之感，也随着季节的转移，在不知不觉中逐渐减少了。随着他的逐渐富裕，悉达多本人也在不知不觉中感染了贩夫走卒所有的若干习气，感染了一般俗人所有的那种稚气和焦躁之气。然而他却羡慕他们，而他愈是羡慕他们，就变得愈像他们。他羡慕他们的一点，是他们都有而他却无的东西：他们以之维系生命的那种重要之感，快乐和苦恼悉皆深刻的痛切之感，由不断去爱而起的那种既焦急又甜蜜的幸福之感。这些人总是爱着他们自己，爱着他们的子女，爱着他们的金钱和荣誉，爱着他们的计划和前途，而他却没有从他们学到这些——这些稚气的享乐和愚行：他只是从他们那儿学到了他所轻视的那些不快之事。如今越来越常见的一件事情，是过了一个欢愉的夜晚之后，次日早晨瘫在床上迟迟不起，感到浑身迟钝而又厌倦。每当渴慕斯华美拿他自己的烦恼去烦他的时候，他就变得焦躁而又不耐其烦。每当他掷骰子掷输了，他就过于大声地狂笑。他的神情虽仍显得比别人聪明智慧一些，但他已经很少开怀大笑了，而他的面上逐渐逐渐地有了富人之间常见的那种表情——那种不满，那种病态，那种寡欢，那种怠惰，那种无情的表情。富人所具的那种心灵或灵魂之病，悄悄地传到了他的身上。

一种倦怠，像一袭轻纱，似一层薄雾，逐渐逐渐地笼罩了悉达多的本身，逐渐逐渐地，每天厚一些了，每月暗一些了，每年重一些了。正如一件新衣服随着时间的推移而逐渐变旧，而逐渐失去光泽，而逐渐受到污染，而滚边逐渐磨损，而随处皆有线头和破绽出现一样，悉达多自从离开戈文达以后所展开的新生活，亦已破旧，也随着岁月的转变而失去了光彩，而累积了油污，而隐藏内心深处的幻妄和憎恶，也已在随时随地候机出现了。悉达多还没有发觉此点，他只感到那个曾经一度在他心中觉醒，而后经常在大好时光引导他的那个明朗而又清晰的内在声音，已经沉默下去了。

这个世界困住了他：享乐、贪欲，怠惰，还有一向被他轻视、被他指为愚昧之极的那种邪恶——有求有得之心——亦已攫住了他。最后，产业，家私，以及财富，终于也绊住了他。所有这些，皆已成了一条锁链和重担，再也不是一种游戏和玩具了。悉达多透过此种掷骰子的赌博，在这条最卑、最下、最邪的怪异曲径上面徘徊流浪。自从他不再是他心目之中的苦行沙门的那一刻起,他就开始以掷骰子来赌钱了,而赌兴愈来愈大,后来竟至赌起珠宝来了——而这种游戏,他本来是以一种入乡随俗的心情,漫不经心地带着微笑随意参加的。如今他已成了亡命的赌徒,很少人敢做他的对手,因为他所下的赌注不但很大,而且不顾一切,非常轻率。他所以作此豪赌,出于他的内心需要。他要以浪掷不义之财的手法求得一种热烈的快乐。除此之外,他没有别的办法明白表示他的轻视钱财,嘲讽商人的虚伪神圣。因此他不但下注很大,而且毫无顾惜,以此来憎恶他自己,嘲讽他自己。他往往一赢千金,一输万金,输掉金钱,输掉乡村别墅,输了又赢,赢了又输。他爱这种焦虑,他爱他在赌骰子之时、在满场大注而胜败未分之际所体验到的那种可怖得令人窒息的焦虑。他不但喜爱这种感受,而且不断地去重温这种感受,去加强这种感受,去激发这种感受,因为唯有在这种感受中,他才能在他那种饱暖、平凡而又乏味的生存中体验到某种快乐,某种刺激,某种昂扬的生活。每逢大输大败之后,他就尽其全力再去求财,急切地去钻营,逼迫借贷的人还账,因为他还要再赌,还要再花,因为他还要再度表示他对金钱的轻视。悉达多对输钱逐渐感到不耐了,他对拖欠的人失去耐性了,他对乞丐不再仁慈,他再也不想送礼物和贷款给穷苦之人了。一赌万金而开怀大笑的他，如今对于生意变得愈来愈刻薄，甚至愈来愈卑鄙了，并且，有时夜里做梦也想钱了。而当他从这种可憎的禁呪之中醒来之时，每当他在卧室的壁镜中见到自己的面目已经变得又老又丑之时，每逢羞愧与憎恶交相袭击之时，他就再度实行逃避，逃向一种新的运气游戏，逃进激情的混乱之间，逃入醇酒的麻醉里面，而后又从这里回到弄钱和聚财的冲动之中。他在这种没有意义的圈子里面打滚，弄得精疲力竭，变得未老先衰，浑身是病。

接着，有一个梦向他提醒了一件事情。一天晚上，他在渴慕乐的游乐园中与她共度黄昏。渴慕乐一本正经地说着话，而这些话的背后隐藏着一种哀愁和厌倦。她要悉达多谈谈关于大觉世尊的种种情形——他的眼神如何明晰，他的嘴巴如何优美，他的微笑如何亲切，他的举止如何安详——而她总是觉得不够翔实。悉达多只好把有关大觉世尊的一切从长细述了一遍，而渴慕乐听了之后，终于叹了一口气说道："有朝一日，也许不久，我也要皈依这位觉者。我要将我的游乐园奉献给他，而后在他的教义中弄个安身立命之所。"但说了这些话后，她不仅诱惑了他，并在爱的游戏中以极度的热情涕泪交流地猛烈地将他紧紧搂住，好像要再度从这种不息飞逝的娱乐中榨取最后一滴甜蜜一般。真是太奇怪了，悉达多从来没有这样明白地感到情欲与死亡的关系如此密切。事后他卧倒在她的身旁，与渴慕乐面对面地望着，因而在他俩拐交以来，第一次在她的眼下和嘴角部分，清清楚楚地看到了一种可悲的迹象：一种令人想到黄叶和老迈的痕迹——纤细但颇显明的皱纹。而悉达多本人，虽然才四十来岁，但那一头黑发之中也有了片片的斑白。渴慕乐那副娇美的面孔上露出了暗淡的倦容，露出了由于不断长途跋涉走向无乐可言的目标而起的倦容，露出了由于一直隐藏而尚未提及，甚或尚未发觉的畏惧——畏惧生命的秋风，畏惧老迈，畏惧死亡而来的倦容和刚刚出现的老态。他叹了一口气，离她而去，心中充满了难言的悲哀和隐藏的恐惧。

　　接着，他又在他自己家中以舞女和醇酒消夜，装出一副优于同伴的神气，实际上已不是那么一回事了。他喝了很多酒，一直过了午夜才迟迟就寝，身心疲乏而心绪不宁，几乎处身于泪水和绝望之中。他想要好好睡一觉，但也只是空想而已。他的心中被悲哀所充塞，感到再也不能忍受了。他满怀憎恶，而这种憎恶却像一种味道不良的劣酒，好像一种过于油腻而又肤浅的乐曲，好像舞女面上所现的那种过于讨好的巧笑，或像伊们发上和胸间所喷的那种过于浓烈的香水一样，在压服着他，使他感到憎恶、作呕。而尤其使他感到恶心的，是他自己，是他那些洒了香水的头发，是他口中喷出的酒气，是他那身松了的皮肤。就像一个酒食过度的人痛苦地大吐一阵而后感到轻快一样，这个心不宁贴的人也想痛呕一阵，使他自己彻底摆脱这些可憎的享受而自此种毫无意义的习惯束缚之中解脱出来。他痛苦地挣扎着，直到东方发白，而他这座城中住宅周围出现最初的活动迹象，他才能够略略眯了一下，享受片刻的假寐。而他就在这个时候得了一梦——

渴慕乐有一只稀有的鸣禽，饲养在一只小小的金丝笼中，而他梦见的景象，就从这只小鸟展开。这只通常在清晨鸣啭的小鸟，一天早晨忽然不鸣了，而这使他不免有些惊讶，于是跑到笼子那里看了一下，结果发现那只小鸟已经死了，僵直地躺在笼子的底上。他打开鸟笼将它取出，拿在手里看了片刻，然后将它抛到外面的马路上，而就在这一刹那间他感到一阵恐怖而觉到一阵心痛，就如他本身所有一切美好而又有价值的东西都随着这只小鸟一下抛掉了……

他从这个梦中醒来之后，被一阵沉重的悲戚之感所攫。他觉得他似乎已以一种没有价值、没有意义的方式虚度了他的生命：他没有留下来一样重要的东西，没有留下任何宝贵或有价值的东西。他孤零零地站在那里，就如一个沉了船的水手站在汪洋大海的边缘上面一般。

悉达多凄然地走进他自己的游乐园，而后将门关上，坐在一株芒果树下，打从心底升起一阵恐怖和死亡之感。他坐着坐着，感到他自己在逐渐死亡，枯萎，完结之中。逐渐逐渐地他收敛心神，尽其记忆之所能，打从最早的早年开始，将他整个的生活历程做了一番心灵的回顾。他何时曾经真正快活过？他何时曾经真正有过欢乐？不错，他曾有过几次快乐的时光。他曾在他的童年时代尝过快乐的滋味——在他赢得婆罗门的夸奖时，在他远远越过与他同时的孩童时，在他背诵圣诗表现突出时，在他与学者论证时，在他协助祭仪时。那时他在心中感到："一条路已经展开你的眼前，你当奉召跨上此道，诸神在等候着你。"还有，便是在他的青年时代——在他为了继续不断地追求那个高超的目标而不得不进出于成群的同类追求者之中时，在他努力钻研婆罗门的教义时，在他每逢得到一种新的认识而引发一种更新的渴望时，而当此之时，当他在这种渴望当中，在作此努力的当中，他常在心里想道：前进啊，前进啊，这就是你的道路！他在出家去当沙门的时候听到过那个声音，在他离开那些沙门去见大觉世尊时也曾听到过那个声音，最后，在他为了追求那个未知之境而离开世尊之时，也曾听到过那个声音。自从他听过那个声音之后，自从他飞向任何高峰之后，究有多少时间了？他所走的这条道路是多么地凄凉寂寞啊！他虚掷多少漫长的岁月！没有任何高尚的目标，没有任何成就的渴望，没有任何超越的提升，只是满足于小小的享乐而从未得到真正的满足！这些年来，他在不知不觉中努力并渴望变得跟所有的那些人完全一样，变得跟这些孩童一般，而结果是使他的生活过得比他们更为可悲，更为贫乏，因为他们的目的跟他的不一样，他们的烦恼也跟他的不同。对他而言，渴慕斯华美等人所有的这整个世界，只不过是让人观赏的一种游戏，一场舞蹈，一出闹剧而已。只有渴慕乐对他还算可贵——对他尚有价值——但她而今仍然可贵么？仍有价值么？他仍需要她么？她也还需要他么？他俩岂非在玩一种没有结局的游戏么？有必要为它而活么？没有。这个玩意叫做生死游戏，是孩子玩的一种轮回①游戏，玩个一回，两回，乃至十回，或许还有一些趣味——值得继续不断地永远玩下去么？

到了此时，悉达多知道，这种游戏已经结束了；他再也不能继续玩下去了。一阵寒战袭过他的全身，使他感到好似某种东西已经死了。

那天，他整日坐在那株芒果树底下，整日忆念他的父亲，忆念戈文达，忆念大觉世尊。他离开这一切，就是为了要做一个渴慕斯华美么？他继续坐在那里，直到夜幕低垂。当他举目看到天上明星时，他在心里想道：我坐在这儿，坐在我的芒果树下，坐在我的游乐园中。他微微笑了一下。他占有一座游乐园，占有一株芒果树，必要么？适宜么？难道不是一种愚昧之举么？

他与这一切已经没有关系了。这一切也在他的心中死去了。他立起身来，告别了那株芒果树和那座游乐园。由于那天一直没有吃东西，因此他感到极度的饥饿，因而想到他在城中的住宅，想到他的卧室和摆满食物的餐桌。他没精打采地笑了笑，摇摇头，也对那一切说了一声再见。

悉达多就在当天夜里离开了他的游乐园和那座城市，并且一去永不复返。渴慕斯华美设法找他，找了很久，没有找着，以为他已落入土匪手中了。渴慕乐却没有设法去找他。她听了他失踪的消息之后，一点也不感到意外。她不是早就预料到他会有这么一天了么？难道他不是一个没有家室之累的沙门么？不是一个浪迹天涯的游方僧人么？她在与他最后一次聚会的时候就已经有此感了，因而使她颇感欣慰的是：她已在那种将有所失的痛苦当中，使他紧紧地贴近她的心胸，让她感到已经毫无保留地得到他的占有和支配。

渴慕乐第一次听到悉达多失踪的消息时，她缓缓地走到她饲养那只鸣禽的窗口，打开鸟笼的栅门，取出那只珍贵的小鸟，让它自由自在地飞去。她久久地注视着那只飞逝的鸟儿，注视了很久一段时间。自从那天以后，她就关起大门，不再接客。不久之后，她感到她有了身孕，那是她与悉达多所作的最后一次聚会而来的结果。

【译注】

① 生死轮回（Samsara），为"生死"与"轮回"之复合语，有时
单用，有时合用，有时同义，有时略异，意为生生死死，轮转
不息，与涅槃寂静相反，有时说生死即涅槃，涅槃即生死（此义
深微，须加审别，不可囫囵，以免遭口头禅之讥）。《佛学大辞
典》解释云：众生无始以来，旋转于六道之生死，如车轮之转
而无穷也。《心地观经》三曰："有情轮回生六道，犹如车轮
无始终。"又云：一切众生惑业所招，生者死，死者生也。"
《楞严经》三曰："生死死生，生生死死，如旋火轮。"《秘
藏宝钥》上曰："生生生生暗生始，死死死死冥死终。"略分
之，有二种生死、三种变异生死、七种生死、十二品生死等名
目。二种生死者：一、分段生死：诸有漏善、不善之业，由烦
恼障助缘所感三界六道果报也。其身果报有分分段段之差异，
故曰分段，具见思惑之一切凡夫是也。二、不思议变易生死：
诸无漏之善业，依所知障助缘所感之界外净土果执也。为断见
思惑之阿罗汉以上圣者之生死。不思议者，以业用之神妙不测
而名；变易者，无色、形之胜劣、寿期之短长，但迷想渐灭、
证悟渐增，此迷悟之迁移，谓之变易。（已上台家之义，见胜鬘
经。）又，圣者改易分段之身而得不可思议殊妙之好身，故曰变
易。（已上法相之义，见行宗记。）又，心神念念相传，而前后
变易，故名变易。又，诸圣所得之法身，神化自在，能变能易，
故名变易。（已上三论之义。）唯识论就变易生死举三名：一、
不思议变易生死，二、意成身，三、变化身。见唯识论八。此变
易生死，据法相之义，智增之菩萨，于初地以上受之；悲增之菩
萨，于八地以上受之云。台家以四土中之方便土为变易身之所
居，藏、通二教之无学果及别教之第七住已上、初地以下菩萨，
并圆教之第七信初住已下菩萨，受此生死云。胜鬘经于此二者，
又名有为生死、无为生死。凡夫起有漏之业，感有为之果，故名

有为：圣人起无漏之诸业，不受有为分段之报，故名无为。三种变易生死者：一、微细之生灭，念念迁异，前后变易，名为变易。变易是死，名为变易。此通于凡、圣。二、无漏业所得之法身，神化无碍，能变能易，故名变易。变易化死，名为变易。此通于大、小。三、真证之法身，隐显自在，能变能易，故曰变易。变易非死，但此法身未出生死，犹为无常死法，所随变身上有其生死，名为变易。此唯在于大乘。虽有三义，而胜鬘经所明者，以第一为宗。见大乘义章八。四种生死者：《梁摄论》十明如下四种生死：一、方便生死；二、因缘生死；三、有有生死；四、无有生死。参见下释。七种生死者：诸说不同，《梁摄论》十四曰："如来报障清净，由除七种生死。"而同十卷明四种生死，谓：一、方便生死；二、因缘生死；三、有有生死；四、无有生死。七种之中，解此四种，他三种名、释皆无。显识论以三界之分段生死为三种生死，加以前之四种生死，为七种生死。台家别由摄论宗末师之释，解七种生死。《辅行》七曰："二、分段生死，三界之果报也；二、流来生死，迷真之初也；三、反出生死，背妄之初也；四、方便生死，入于涅槃之二乘也；五、因缘生死，初地之变易也；六、有后生死，十地之变易也；七、无后生死，金刚心也。"十二品生死者：一、无余死，阿罗汉也；二、度于死，阿那含度欲界之死也；三、有余死，斯陀舍往还于欲界之人天也；四、学度死，须陀舍之见道谛也；五、无数死，八忍八智之人也；六、欢喜死，学禅一心之人也；七、数数死，恶戒之人也；八、悔死，凡夫也；九、横死，孤独穷苦之人也；十、缚苦死，畜生也；十一、烧烂死，地狱死也；十二、饥渴死，饿鬼也。见十二品生死经。又，不思议变易生死者，二种生死之一，离三界生死之身后，以至成佛之界外生死也。由烦恼之力，起有漏之善恶业，由此业所感之三界五趣果报，曰分段生死。以所谓可求之菩提在实、可度之众生在实之法执，即所知障为助缘，起无漏之大愿大悲业所感得之细妙殊胜果报，曰不思议变易生死。由无漏之悲愿力改变分段生死之粗身而受细妙无限之身，故云变易，为无漏之定力所助、妙用难测，故名不思议，为大悲意愿所成之身，故亦云意生身，或云无漏身，亦云生过三界身。略释数喻：一、生死岸：生死海之此岸也，涅槃为生死之彼岸。二、生死流：生死能使人漂没，故名为流。《无量寿经》下曰："设满世界火，必过要闻法。要当成佛道，广济生死流。"三、生死海：生死无边际，有如大海也。《止观》一曰："动法性山，入生死海。"四、生死际：对于涅槃之称，生死、涅槃之二际，无二无别也。五、生死缚：绢网系缚人，故曰缚。《最胜王经》二曰："一切众生于有悔，生死绢网坚牢缚。"六、生死轮：三界六道之生死，为载人运转之车轮，故曰生死轮。《智度论》五曰："生死轮载人，诸烦恼浩业，大力自在轮，无人能禁止。"《止观辅行》曰："业相是能运，生死是所运。载生死之轮，名生死轮。"七、生死长夜：生死如梦，久而不觉，故譬之于长夜。《唯识论》七曰："未得真觉，长处梦中，故佛说为生死长夜。"八、生死事大：言口求证悟、了生死为要则，无暇顾及细微末节也。永嘉玄觉禅师参六祖慧能，绕祖三匝，振锡而立。祖曰："夫沙门者，具三千威仪，八万细行。大德自何方而来，生大我慢？"觉曰："生死事大，无常迅速！"见六祖坛经机缘品。九、生死即涅槃：由对语"烦恼即菩提，生死即涅槃"而来。《大集经》九十曰："常行生死即涅槃，于诸欲中实无染。"（"涅槃"一词参见本书第二章"入山苦修"译注①。）《止观》一曰："无明尘劳，即是菩提，无集可断……生死即涅槃，无灭可证。"又曰："生死即涅槃，是名苦谛……烦恼即菩提，是名集谛。"此"烦恼即菩提，生死即涅槃"之义，为大乘佛教至极之谈，依教门之浅深而异其归趣。教观大纲见闻曰："密教谓爱染明王表'烦恼即菩提'、不动明王表'生死即涅槃',显教谓龙女表'烦恼即菩提',提婆表'生死即涅槃'。"此处之关键在一"即"字,其意不比寻常,须加甄别。

《佛学大辞典》"即"字条解释云:和融不二、不离之义,谓之"即",如"烦恼即菩提,生死即涅槃"是也。台家立三种"即"而判之:一、二物相合之"即":如金与木合。烦恼与菩提本来各别:烦恼为相,菩提为性。性、相合而彼此不离,故曰"烦恼即菩提"。是通教所谈。义为不能确断烦恼,则不能得菩提。二、背、面相翻之"即":如烦恼、菩提虽为一体,而有背与面之相违:由悟之背言之,则为菩提:由迷之面解之,则为烦恼也。盖随于无明,则为烦恼、生死:顺于法性,则为菩提、涅槃:犹如一室,有内、外、表、里。是别教所谈,破无明而不顺法性,则不得菩提。三、当体全是之"即":如水、波。为水为波,为菩提、为烦恼,仅实智与妄情所见之异耳。妄情之前,法界总为生死;实智之前,法界悉为涅槃。是之谓法体即妙,粗由物情。不要断舍,不要翻转,要唯破无明之情以发智而已。故于佛界具九界烦恼、生死之法。谓之性恶不断,圆教之至极也。

《辅行》一曰:"'即'者,广雅云'合'也。若依此释,仍似二物相合名'即'其理犹疏。今以义求,体不二故,故名为'即'。即二而一,与'合'义殊。"《十不二门指要钞》上曰:"应知今家名'即',永异诸师。以非二物相合,及非背、面相翻,直须当体全是,方名'即'。"

观河听水

悉达多游游荡荡地荡进了森林，离开那个城市已经很远了，而他现在只知道一点——他不能再走回头路了，他已混了多年的那种生活已成过去了，已经品尝过了，已经干枯到令人作呕的地步了。那会唱歌的鸣禽已经死了；他在梦中梦见它的死亡，就是他自己心中之鸟的死亡。他一直深陷生死海中；他已将各方面的憎恶和死亡吸上自身，就像会吸水的海绵一样，已经到了满盈的时候。他已被烦恼充满，被痛苦充溢，被死亡充塞了；人间已经没有一样东西可以吸引他的注意了，再也没有一样东西可以给他欢乐和安慰了。

他热切地希望遗忘，希望安息，希望死掉。他但愿能有一道闪电将他击毙！但愿有只猛虎出来将他一口吞掉！但愿能有某种毒酒，某种毒药，使他湮没，使他遗忘，使他一睡不醒！世上还有什么污秽不曾被他拿来自污过？还有什么罪过和愚行他不曾犯过？他灵魂上有什么污点不是由他自己一手造成？既然如此，还有脸皮活下去么？还有脸皮再吸气吐气，再觉饥饿、再吃、再喝、再睡、再跟女人共枕么？这种轮回游戏难道对他仍未完结不成？

悉达多到了森林之中的那条长河，那是在他仍然年轻时离开大觉世尊后，由一位摆渡人渡他过来的那条大河。他在河边停住，犹豫着伫立在河岸上面。疲竭和饥渴已经使他变得虚弱不堪了。为何还要前进呢？进又进到哪里去？那又为了什么？他已不再有目标了；除了焦灼地渴望抖掉这整个迷梦、吐掉这酸腐臭酒、了结这悲痛生命之外，什么也没有了。

岸上有一棵树，是一棵椰子树。悉达多将身子靠着它，以一只臂膀环抱着树干，俯视着在他下面流动的碧波。他向下俯视着，内心充满着一种渴望：放开抱着的臂膀，让他自己永沉水底！水中的那一片寒空，反映了他心中那种可怖的空虚。对，他已到了尽头。对他而言，除了抹掉他自己，摧毁他的生命空壳，予以抛弃，好让诸神嘲笑之外，什么也没有了。他渴望执行的，就是他所憎恶的这个形体！但愿鲨鱼一口吞食了他——这条悉达多狗！这个丧心病狂的家伙！这个腐臭的肉体！这个窝囊而又胡作非为的灵魂！但愿鳄鱼一口将他吞下肚去！但愿魔鬼将他撕得四分五裂！

他以一副扭曲的面孔凝视着河水。他看到了他那副映在河上的尊容，不屑地向它吐了一口口水；他要将抱着树干的那只臂膀挪开，微微转动身体，以便来一个倒栽葱，一下栽入水底之中。他弯下身子，闭起眼睛——面向死亡。

就在这个关口，他听到了一个声音——一个来自他的灵魂深处、来自他的疲惫生命深处的声音。那只是一个字，只是一个音节，他曾不假思索地随口混念，但却是古代一切婆罗门祷词起首和结束要用的一个字——神圣的"唵"字真言①，而它的含义则是"完美"或"至善"。这个"唵"就在这个当口传到悉达多的耳中，而使他那沉睡的灵魂猛然清醒过来，而使他忽然感到他这个行动的愚不可及！

悉达多打从心底吃了一惊。原来他已经到了这个地步；他真是太迷惘，太混乱，太没有理性了，居然起了寻死的念头！这种念头，这种孩子气的想法，以摧毁肉体的办法求得心灵的安静，居然已在他的心中变得这样牢固了！这些时日所遭受的痛苦，所面对的幻灭，以及整个的绝望，对他的影响，居然没有在这一刹那间传到他的心中、而使他顿然警觉自己将犯邪恶罪过的"唵"字来得重大而又深切！

"唵。"他在心里朗诵道，于是他觉知了梵，觉知了生命的不灭；他忆起了他所忘失的一切，忆起了那神圣的一切。

但那只是一刹那的工夫，只是雷电一闪的时候。悉达多被一阵疲乏所控驭，颓然倒在那棵椰树的根上。他将头枕在树根上面，口里喃喃念着"唵"字真言，逐渐沉入了睡乡。

他睡得很熟很深，而且没有扰人的梦魇，他已好久没有这样睡过了。睡了许多时辰，到他一觉醒来时，他感到好像已经过了十年的时光了。他听到了柔和的流水声，他不知道身在何处，也不晓得是什么风将他吹到这里的。他翘首仰视，讶异地看到树木和蓝天在他的上空。他记起他身在何处以及如何来到此处的了。他想他已在这里停留了一段很长的时间。在他看来，过去的往事而今已被一道轻纱遮住，而变得极其遥远，微不足道了。他只知道他以前的生活（在他刚刚觉醒的那一刹那，他以前的生活仿佛一个远古的化身，好像他现在自我的一种前生）已经完结了，只知道它曾充满可憎和邪恶，以致使他想要将它毁灭，他只知道他在一条河边醒来，在一棵椰树下面醒来，口里念着这神圣的"唵"字真言。接着他又沉入了睡乡，而醒来时再看这个世界，犹如一个脱胎换骨的新人。他轻柔地对着自己念诵这个"唵"字，他曾在念着它的时候沉入睡乡，使他感到他这整个的睡眠好似都在深深地长念着这个"唵"字，思维着这个"唵"字，透入这个"唵"字，揳入这个无名之名，揳入这个神圣之中。

这是一次多么美妙的睡眠！从来没有一次睡眠使他这样清醒，使他这样振奋，使他这样充满青春活力！或许是他已经真的死过，或许是他已被淹死过了，而后又投胎转生。没有，他认得他自己，他认得他的手和脚，他认得他睡着的这个地方和他心中的这个自我，这个任性的个人主义者悉达多。不过，这个悉达多似乎已经改变了，已经更生了。他睡了一次奇妙哉的大觉。而他十分的清醒，快乐，而又充满好奇。

悉达多爬起身来，只见一个身着黄袍的光头僧侣，像一个沉思者似的坐在他的面前。他向他看去，见他既没有头发，也没有胡须，但他没看多久，就看出了这个僧侣，是他年轻时的好友戈文达，是已经皈依大觉世尊的戈文达。看来戈文达也上年纪了，但他的眉宇之间仍然流露原有的特性——热切，忠诚，好奇而又急躁。但当戈文达发觉到他在注视他而举目向他看去时，悉达多看出戈文达并没有看出他是谁。戈文达见他睡醒了，显得非常高兴。显而易见，他坐在这里等他醒来，已经等了很久一段时间了——虽然他并没有认出他。

"我一直在睡觉，"悉达多说道，"你是怎么来到这儿的？"

"你一直在睡觉，"戈文达答道，"而这里属于森林地带，是虎狼和毒蛇出没的地方，睡在这里，实在太不妥当了。在下是大觉世尊释迦牟尼佛②的一个随从弟子，刚才与一班游学参访的兄弟经过此地，见你躺在这样一个地方睡觉，十分危险，就想将你叫醒，但看你睡得很甜，于心不忍，于是就独自一人留下来守护你，等你睡醒。结果好像是守护的人自己也睡着了。我实是疲惫不堪，未能善尽守护之责，实在太糟了。不过，你现在既然醒了，我也就可上路追赶我的师兄弟了。"

"好心的沙门，守护着我睡觉，谢谢你了。大觉世尊的弟子都很慈悲，不过，你现在可以赶路了。"

"我就要走了。愿你多多保重！"

"谢谢你了，沙门。"

戈文达欠身说道："再见。"

"再见，戈文达。"悉达多说道。

这位僧人惊住了。

"对不起，这位先生，请问你是怎么知道在下的名字的？"

悉达多听了戈文达的问话，不禁笑了起来。

"我认识你，戈文达，我认识你，在你在家的时候，在你上婆罗门学堂的时候，在你向神献祭的时候，在我俩入山向苦行沙门学道的时候，以及在你在只陀林园发誓皈依世尊的时候。"

"噢，你是悉达多！"戈文达禁不住大声叫道，"现在我认出你了，真不知道我为什么竟没有一眼认出你来。你好，悉达多，能够与你重逢，使我感到真是太高兴了！"

"我也很高兴能够与你再度重逢。你在我睡着的时候一直守护着我。我要再谢谢你——虽然我用不着守护。老弟，你要到哪里去？"

流浪者之歌

161

"我无处可去。除了雨季之外，我们僧人总是在行脚途中。我们总是不住地移动，今日此处，明日彼处。我们总是依戒修行，随宜说法，化缘，而后继续前进。说来天天在变，实际上一成不变。不过，悉达多，我倒要问问你，你要到哪里去？"

悉达多答道："老弟，我跟你一样，也是无处可去。我才上路而已。我也要来一次行脚。"

戈文达说道："你说你也要来一次行脚，这我相信。但请原谅，悉达多，可是看来你并不像一个行脚僧。你身上穿的是有钱人的衣服，你脚上着的是时髦人的鞋子，你留的是搽了香膏的头发——既不是苦行沙门的长发披肩，也不是行脚僧的童山濯濯。"

"老弟，你看得非常真切；你的眼光非常锐利，看得可谓巨细靡遗。但我并没有对你说我是一个苦行沙门，我只是说我也要来一次行脚而已。"

"你说你要来一次行脚，"戈文达说道，"可是没见过要行脚的人穿着这样的衣服，穿着这样的鞋子，留着这样的头发。在下浪迹多年，还没有见过这样一位行脚人。"

"戈文达，我相信你说的是真语，实语，如语，一点不假。可是你今天却见到一个身着此种衣履的行脚人。戈文达，我的好友，不要忘了，现象世界变幻无常。服饰和发式尤其变幻无常。我们的头发和形体就是无常的本身。你说得很对，我是穿着富人的衣服。我之所以穿着富人的衣服，因为我不久之前还是一个富人；而我之所以留着时髦的头发，也是因为我不久之前曾是一个时髦的俗人。"

"那么，悉达多，你现在是个什么人呢？"

"我不太清楚，我所知的不比你多。我在途中。我曾是一个富人，而今不是了；而明天是个什么，我还不太清楚。"

"你已失去财富了？"

"我已失去财富了，也许是财富已经失去我了——孰是孰非，我也无法确定。戈文达，现象的轮子转得很快。婆罗门的悉达多而今安在？苦行沙门的悉达多而今安在？富人的悉达多而今安在、戈文达，无常迅速，时不待人。这点你是明白的。"

戈文达疑惑地凝视着他这位年轻时代的好友，久久无法离开。最后，他终于向悉达多鞠了一躬，好像他是达官贵人似的，然后，便转身上路了。

悉达多微笑着目送他这位好友离去。他仍然喜爱这位忠实而又性急的朋友。当此之际，在他睡完这个微妙的大觉之后，在他完全与"唵"字冥合的这个灿烂时刻，他怎么禁得住不爱人、不爱物呢？这正是在他睡着而为此"唵"所充满时所发生的法力——他爱一切，对于他所见所闻的一切无不充满喜悦的爱心。而这在他看来，正是他以前何以那样有欠健全的道理——因为他既不爱人，更不爱物。

悉达多带着微笑望着那个飘然离去的僧人。他这一觉使他恢复了精神，但也使他感到非常的饥饿，因为他已有两天没进饮食了，而他能够轻易打发饥饿的时代也早已成为过去了。说来虽然不免有些烦恼，但他仍然带着微笑回忆了这个已成过去的往事。他记得那个时候他曾对渴慕乐吹嘘他的三件法宝：断食，等待，以及思索，并说它们是战胜一切的高尚技艺。这些东西曾经一度是他的财宝，是他的本领，是他的气力，是他的贴身拄杖。他在勤勉苦修的青年时代所学的东西，就只三件法宝。如今这些功夫已经完全失去，一样也没有保住：断食固然很难，等待更乏能耐，而思索更是不知从何做起。他已将它们换成了邪恶之极的东西，换成了虚幻之极的无常，换成了感官的欲乐，换成了高等的生活程度和财富。他所走的是一条怪异的道路，而且走了很久。而今看来，他似乎已经真的成了一个凡夫俗子了。

悉达多想了想他这种处境，发现他已经变得难于思索了；实在说来，他已没有思索的意愿了，但他还是勉强逼自己好好思索一番。

如今，他在心里想道，所有这一切变幻无常的物事又皆离我而去了，我又像幼时一样站在太阳之下了。没有一样东西是我的，我什么也不知，什么也没有，什么也没学。奇哉，奇哉！而今，当我不再年轻时，当黑发渐灰时，当气力渐衰时，而今，我却又开始变得像个孩童了。他禁不住又笑了起来。对，他的命运太奇怪了！他在倒退，而今，他又立足世间，空空如也，寸丝不挂，一物不晓。但他并未因此感到悲哀，相反的，他却直想大笑，笑他自己，笑这个人间的怪诞愚痴！

万物皆在与你一起倒退哩，他对自己说道，不觉笑了起来。而他在如此说的当儿瞥了一下河水，看到河水也在不断地倒流着，愉快地吟唱着。这使他高兴极了，高兴得直是向着河水点头微笑。难道这不就是他要淹死自己的那条河么——那是几百年前的事情？还是他在梦中梦到的幻象？

他的生活曾是多么奇怪啊，他如是想道。他曾在种种奇怪的路上徘徊。儿童时代，我专诚于诸神和祭礼。少年时代，我致力于苦行，致志于思索和禅定。我追求过大梵，礼敬过神我中的永恒。青年时代我被赎罪的观念吸引。我生活在林莽里面，忍受酷热和严寒之苦。我学过断食，我学过征服自己肉体的功夫。而后，我又惊异地发现大觉世尊的教理。我不但曾经感到人间的知识与融和像我自己的血液一样周流我的全身，而且亦曾感到不得不离开伟大的佛陀和他的大智。我离开世尊，去向渴慕乐学习爱的艺术，向渴慕斯华美学习经商赚钱的门路。我曾聚过不少钱财，我曾耗掉大把金钱，我曾学过品尝美味，我曾学过刺激我的感官。我得像那样花

165

费多年的时光，才能丢开我的机智，才能放开思索的能力，才能忘掉万法归一的观念。我要经过那样迂缓而又曲折的歧途，才能从一个成人变成一个童子，才能由一个思想家化成一个平常人，可不是么？然而这条路并没有走错，而我心中的那只鸟也没有死去。可是，这曾是一条多么奇怪的道路啊！我得经历那么多的蠢事，那么多的邪恶，那么多的谬误，那么多的憎恶，幻灭，以及痛苦，这才能够复归童真而开始更生。然而这条路并没有走错；我的眼目和心灵都在为此欢呼。我得经历绝望，我得沉入心灵的最深处，生起自杀的念头，才能体验慈悲的精神，才能复闻"唵"字的妙义，才能再度大睡一觉而精神勃勃地醒来。我得重做一次愚人，才能发现我自己心中的神我。我得沉沦，才能复活。我的这条道路将把我带向何处？这是一条愚蠢的道路，它以迂回的方式进行，甚或只是绕着圈子转来转去，但不论它究竟怎么走法，我都要依而行之，追随到底。

他感到一种巨大的喜乐在他的心中升起。

这种喜乐从何而来呢？他如此自问道。为何会有如此大乐之感？是出自对我有益的充足睡眠么？还是出自我念的"唵"字真言？抑或是因为我的逃逸，因为我的完成出离，因为我终于又得自由自在而像一个童子一般立足于苍穹之下？啊，这种出离，这种解脱，真是太好了！在我离开的那种地方，总是充塞着发油，香料，奢侈而又怠惰的气息。我是多么憎恶那种吃喝玩乐的金钱世界！我竟然在那种地方滞留了那么久的时间，实在可恨！我曾多么憎恶我自己，我曾横阻，毒害，折磨我自己，使我自己变得又老又丑。我怎么也不会像以前那样愚蠢地把悉达多看作一个聪明人了。不过，我总算做对了一件事情，这使我非常高兴，使我不得不予赞美——而这便是我已结束了那种自我憎恶的心境，结束了那种愚痴的空虚生活。悉达多，我推奖你，做了这么多年的蠢事之后，你终于又有了一种善念，你终于完成了某种事情，你终于又听到了你那心中之鸟的吟唱，并且追随它的引导了。

因此，他赞赏他自己，对他自己表示满意，因而好奇地听了他那隆隆作响的饥肠。他觉得他已在过去那段时间中彻底品尝，同时也舍弃了那份苦恼，彻底品尝同时也舍弃了那份不幸，他觉得他那时已经耗损到绝望与致命的程度。不过，现在那些皆已过去了，一切都已好转了。假如没有发生这种情形，假如没有那种完全绝望的时刻，假如没有俯身那条河流上面、准备自杀的紧张关头，他如今也许还跟渴慕斯华美在一起厮混，也许还在拼命谋财，大把花钱，弄得脑满肠肥而心虚灵弱哩，他也许还要在那种装饰美丽而又柔软舒适的地狱里住上一段很长的时间哩。不过，他曾经历的那种绝望之情，他曾面对的那种思心之境，并没有折服他，并没有压垮他。那只会唱的鸣禽，那道清澈的源头活水和声音，仍然活在他的心中——这就是他何以那样高兴的原因，这就是他何以那样大笑的原因，这就是他那一头灰发下面的那张面孔何以显得光彩洋溢的原因。

凡事亲身体验一番，确是一件好事，他在心里说。我自幼就听人家说，享受世俗的快乐和财富，都不是好事。这个道理我早就知道了，但直到最近我才有了切身的体验。而今我对此点之所以有了确实的认识，并非用我的头脑和知识，而是用我的眼睛，用我的心灵，用我的胃肠。我能明白此点，真的是一件好事。

他将他内心的这种转变想了很久，听到那只鸣禽在他的心中快快活活地歌唱着。假如他心中这只鸟儿已经死掉的话，他自己是不是也会灭亡呢？不会，他心中以外的某种东西已经死掉了，他曾久久渴求的某种东西当会消灭。这岂不就是他在热烈苦修的那几年里曾经想要摧毁的那个东西么？这岂不就是他的自我么？岂不就是他那渺小、胆怯而又自负的自我么？且不就是他与之苦斗多年，总是将他打败，每次总是一再抬头，劫去他的快乐而使他满怀畏惧的那个自我么？这岂不就是今天终于在这快乐的河边林中死去的那个东西么？他如今之所以能够像个童子似的满怀信心与快乐而无所畏惧，岂不就是因为它的败亡么？

现在，悉达多同时体会到，他在做婆罗门和苦行沙门时与此自我苦斗，何以白费功夫的原因了。太多的知识妨碍了他的真智：他读了太多圣诗，做了太多的祭仪，做了太多的苦行，做了太多的作为和努力。他曾妄自尊大，一直认为自己聪明绝顶，是最急切的真理追求者——总是认为比人领先一步，总是以为自己是个饱学的智者，总是以为自己是个卓越的祭司或圣人，而不知这正是他的障碍。他的自我已经钻进了此种祭司里面，钻进了此种傲慢里面，钻进了此种知解里面。他自以为已用断食和忏悔的办法将它摧毁了，实际上却在其中潜滋暗长。而今他不但已经明白，而且实实在在体会到，他那内在的声音一向没错，任何导师都没法使他得救，给他解脱。这就是他何以要进入世间、随俗浮沉，纵身于权势、女人，以及金钱的原因；这就是他何以要做一个商人，要做一名赌徒，要做一个醉鬼和财主，直到在他心中的祭司和沙门亡故的原因。这就是他何以要经历那些可怖的岁月，忍受令他憎恨的恶心，接受空虚无益之疯狂生活教训，直到终点，直到他抵达痛苦绝望的顶点，以使享乐贩子的悉达多和身为财主的悉达多得以死亡的原因。而今他不但已经死过了，而且，一个新的悉达多也已从他的睡梦之中醒过来了。虽然，他也会衰老，也会死亡，因为，悉达多也是无常不实的，一切万法悉皆无常不实，然而今天他是年轻的，他是一个童

流浪者之歌

子——他是新生的悉达多——因此，他非常快乐。

这些念头掠过了他的心头。他微笑着倾听他的饥肠辘辘，他感激地倾听着蜜蜂的嗡嗡。他愉快地注视着那条流动的长河。从来没有一条河对他有过如此的吸引力。

他从未发现过流水的声音和面貌如此美丽。他感到这条河似乎要对他透露某种特殊的消息，要对他透露他仍未知道的某种东西——仍在等待着他的某种东西。悉达多曾要将他自己淹死在这条河里；而今，那个疲惫而又绝望的旧悉达多果真淹死在它里面了；新悉达多如今对这道流水感到了一种深切的感情，因而决定不再像以前那样匆匆离它而去了。

【译注】

① "唵"（Om）字真言，此词已在前面第一章"婆罗门之子"译注④中做过不少解释，但仍然不见其妙，而它却是本书一个重要的关键字，不可一笔带过。今试补充说明之。先补释"真言"或"神呪"（mantra or dhā-rani or rddhi-mantra）的意思。《佛学大辞典》释云：梵语曼怛罗，是如来三密中语密也。总谓法身佛之说法，别云陀罗尼，简称呪；意谓总持，总持一切法也；又名神呪，为神秘之呪语也；亦称密呪，为秘密之神呪也；又称密言，密语，咒明，等等，其意可知。《大日经疏》一曰："真言者，梵言漫怛罗，即是真语、如语、不妄、不异之音。龙树释论谓之秘密号，旧译曰呪，非正翻也。"是《释摩诃衍论》中所说五种言语之第五如义语也。显教谓真如言语道断，而依前四种之语，则真言即以如义语真如上说也。然则真语者，说真如

之语也（是日本台密之义），真实之语也，又真率正直之语也（是日本东密之义）如语者，又说真如也。真实如常之语也。此二者对于显教之假名语而言。不妄者，诚实不虚之语；不异者，决定不二之语。此二者对于凡夫之虚语两舌而言。《大日经》二曰："一切法界力，随顺众生，如其种类，开示真言教法。"《同经疏》七曰："如来一切言说，无非真言故。"又曰："二声、字，即是入法界门故，得名为真言法教也。至论真言法教，应遍一切随方诸趣名言，但以如来出世之始迹于天竺，传法者且约梵文作一途明义耳。"而显教诸宗依印度古来相传，以为梵语系大梵天创造者，然密教就之立三重之秘密释以解之。第一秘密释，大日如来释之。大日如来于色究竟天成道，始于此说阿字真言，后梵天降世说之，世人不知其本，以为梵天创造也。第二秘密中之秘释，阿字自说之。第三秘密中之秘释，真如理智自说之。《大日经供养疏》下曰："问：谁说阿字？答：秘密释，毗卢遮那佛说，本不生故。二秘中秘密释，阿字自说，本不生故。秘密中秘密释，本不生理自有理智自觉，本不生故。"《大日经》一曰："此真言相非一切诸佛所作，不令他作，亦不随喜，何以故？是诸法法尔如是故。若诸如来出现，若诸如来不出现，诸法法尔如是住，谓诸真言真言法尔故。"《同疏》七曰："此真言相，声、字皆常，常故不流，无有变易，法尔如是，非造作所成。"东密依此文谓梵文为本有常住云。又显教称佛、菩萨之言教，亦谓之真言。《安乐集》上曰："采集真言，助修往业。"真言通分五种：一、如来说；二、菩萨金刚说；三、二乘说；四、诸天说；五、地居天说。又通前三种名为圣者真言，第四名为为诸天众真言，第五名为地居天（龙、鸟、修罗之类）真言，亦可通名为诸神真言，但有浅深相违耳。见大日经疏七。又，陀罗尼条云：又曰陀罗那，陀邻尼，译作"持""总持""能持""能遮"。以名持善法不使善。持恶法不使起之力用。分之为四种：一、法陀罗尼，于佛之教法闻持而不忘也，又名闻陀罗尼。二、义陀罗尼，于诸法之义总持而不忘也。三、咒陀罗尼，依禅定发秘密语，有不测之神验，谓之咒。咒陀罗尼者，于咒总持而不失也。四、忍陀罗尼，于法之实相安住谓之忍，持忍名为忍陀罗尼。闻、义、咒、忍之四者为所持之法也。由能持之体言之，法、义二者以念与慧为体，咒以定为体，忍以无分别智为体。见智度论五法界次第下之下，及瑜伽略纂十二。又释咒陀罗尼云：此乃四种陀罗尼之一，真言教之所谓陀罗尼也，佛、菩萨从禅定所发之秘密言句也。陀罗尼者，总持之义。总持有二释：一就人，一就法。就人释者，佛、菩萨之定力，能持佛咒之功德，故名持，如上四种释中所释者是也。见大乘义章。就法释者，神咒之言句，总持无量之文义，无尽之功德，故名持。《佛地论》五曰："于一法中持一切法，于一文中持一切文，于一义中持一切义，摄藏无量功德，故名无尽藏。"发无量陀罗尼之禅定，名为陀罗尼三昧。《智度论》四十七曰："得是三昧故，闻、持等陀罗尼皆自然得。"诸经中显此咒陀罗尼有五名：一、陀罗尼；二、明；三、咒；四、密语；五、真言。此中后四者为义翻也。见秘藏记本。以上补释"真言"或"神咒"，取材自《佛教辞典》，也许比较间接；以下补释"唵"字本身，取材自印度古奥义书，也许比较直接。下引数语出自《圣都格耶奥义书》（Chandogya Upanisad），似乎是"唵"字的"起源"故事造物主安息于赋生的禅定之中，暝观他所创造的诸种世界，而从这些世界之中生出三种吠陀。他安于禅观之中，而从这些吠陀之中生出三种音声：地（BHUR），风（BHUVAS），空（SVAR）。他安于禅观，而从这些音声之中生出"唵"这个声音。正如一切树叶出自树枝一样，一切语言出自"唵"这个声音。"唵"就是这整个宇宙。真的，"唵"就是这整个宇宙。

下引数语出自《曼都克耶奥义书》（Mandakya Upanisad），

似乎诠释了"唵"字的内在"密意"：唵！整个宇宙就是这个"唵"字。下面是这"唵"字的解释。过去，现在，以及未来的一切，都是这个"唵"字。超越时间，空间，以及因果的那个，也是这个"唵"字。

所有这一切，见于此处，彼处，以及一切处的，无论什么，莫不是梵。这就是自我，神我，大梵，绝对的实相。这个自我有四个层面。第一个层面是梵斯梵那罗（Vaisvauara），为清醒状态。在此状态之中，意识转向外境，以它的七种工具和九个管道经验现象世界。

第二个层面是塔迦娑（toijasa）。为做梦状态。在此状态之中，意识转向内部，亦以其七种工具和九个管道体验精微的心理印象。

第三个层面是般若（Prājna），为熟眠状态。在这个状态之中，既无欲望，亦无梦想，所有一切的感受都融入了无分别智的完整合一之中。其人不但满怀喜悦，受用妙乐，而且可以认识上述两种状态。

这些意识境界的体验者是一切之主。这个能知一切，从内指导一切：这个是万法的子宫，一切万法皆从此出，皆归其中。

第四个层次是都利耶（Turiya）。在这个状态中，意识既不向外，亦不向内。它没有分化，没有分别，超于认知与不知的限域。这个境界既不可以感官知觉予以体验，亦不可以比喻或推论而知：它不可理解，不可思议，不可描述。这是"净识"（Pure Consciousness）。这是"真我"（the real self）。它是一切梦象的归处，它是寂静，是极乐，独一无二。这个真我应予体现。

这个曾被形容含有四种状态的"净识"，不可分割。它就是"唵"（Om，读作Aum）。A-U-M（ah，ou，mm）音与A，U，M字，即是清醒，作梦以及熟睡的三种状态，而这三种状态就是这三个音声和字母。但这第四种状态，是隐藏而不可知的境界，只能在寂静中默默体认。

在清醒状态体验的意识，是构成"唵"字的第一个字母"阿"（A）。此"阿"遍布其他一切音声，如果没有这第一个字母"阿"你就无法念出"唵"字，同样的，如果没有此种清醒状态，你就无法明白其他意境。了知这个真相的人，有愿皆成，功不浪施。

在做梦状态体验的意识，是构成"唵"字的第二个字母"乌"（U）。此系界于清醒与熟眠状态之间的一种高等境界。了知这个精微境界的人，其本身优于他人，其家所生之人可通于梵。

在熟睡状态体验的意识，是构成"唵"字的第三个字母"姆"（M）。达到这个微妙境界的人，能够了悟其内在的一切。

这个不可以一般心识和感觉得而知之的意识层次，是"唵"的无声层面，是消融一切现象乃至苦乐之感的境界，是独一无二（advaita or advaya）的境界，名为真我，亦称第四境界。到达这个境界的人，他的自我意识便扩展而成宇宙意识（The Universal Conscious-ness）。

下面所引各节（亦出《曼都格耶奥义书》），似乎是观想"唵"字真言的"妙用"：

优笈多赞歌说，应该观想"唵"字，因为，吟诵优笈多赞歌的人，从"唵"开始。下面是解释：

一切众生的实质是土；土的实质是水；水的实质是植物；植物的实质是人；人的实质是语言；语言的实质是梨俱，梨俱的实质是娑摩；娑摩的实质是优笈多，亦即是"唵"。

"唵"是八种实质的顶点，至高无上。

梨俱是什么？娑摩是什么？优笈多是什么？梨俱是语言，娑摩是气息，优笈多是"唵"。语言与气息，梨俱与娑摩，各成一对。它们在"唵"中结合。它们在结合时满足彼此的需要。明白此理并观想"唵"字的人，就成了得以满足的人。"唵"字表示同意，同意某件事情就说"唵"。因为同意就是予以满足。
明白此理并观想"唵"字的人，就成了意愿的满足者。"唵"字
发动三件事：主持祭司命令行祭时先念"唵"字，赞颂祭司朗诵
赞歌时先念"唵"字，歌咏祭司吟诵娑摩时先念"唵"字。所有
这些，都是以"唵"字的至高实质来推崇不朽的原人。这就是
"唵"字的妙用。由以上可知，"唵"字的修法有念诵和观
想之二种（或加手印合为三种"本书所指，似为念诵法。有
一个译本解释云：……持续不断地念"唵"使"A"与"U"
合成一音（O）而融入"M"，复从"M"放射而出，将"唵"
念成"OMOMOMOM"（或唵唵唵唵——读作"唵——"或
"嗡——"）……

② 释迦牟尼佛（The Buddha of Sakyamuni），释迦为佛陀的族名，
意为"能仁"牟尼是圣者的称号，释为"寂默"合为"能仁寂
默"是大觉世尊的称号，亦作释迦文尼，禅伽文，释迦尊，简称
释尊，世称"儒、释、道"三家之释字，即由此而来。佛在金刚
经中对须菩提说："若有法如来得阿耨多罗三貌三菩提（无上正
等正觉）者，然灯佛则不与我授记：'汝于来世当得作佛、号释
迦牟尼。'以实无法得阿耨多罗三貌三菩提，是故然灯佛与我授
记，作是言：'汝于来世当得作佛，号释迦牟尼。'何以故？如
来者，即诸法如意……"参见本书第二章"入山苦修"译注②，
③，④，⑤，⑥各条所述。

渡人自渡

　　我要留在这条河边，悉达多心里如此想。这就是我以前入城之前曾经渡过的一条河，那时有一位态度友好的摆渡人，渡我过来。我要去找他。我从前从他的茅舍出发，踏上一种新的生活之道，但那种曾是新生活的生活已经老了、死了，我现在的新生之道仍要从那里开始！

　　他亲切地注视这条河流，注视它那一片澄澈的碧绿，注视它那晶莹的美妙花纹。他看到水底升起一粒粒的明亮珍珠，一粒粒的水泡在光洁的镜面滑动，每一粒都反映着天空的湛蓝。而这条河也在注视着他，也在以它的成千眼睛注视着他——以它那些绿色的眼睛，白色的眼睛，水晶的眼睛，天蓝的眼睛注视着它。他多么爱这条河啊！它是多么令他销魂啊！他对它是多么感激呀！他听到那个刚刚觉醒的声音在他心中轻轻絮语着，并且对他说道："爱这条河，留在它的身旁，向它学习吧！"是的，他要向它学习，他要听它现身说法。在他看来，只要参透这条河和它的秘密，就会体会到更多的秘密，乃至通晓所有一切的秘密。

　　但，他今天只看出它的一个秘密——一个抓到他的痒处的秘密。他看出这条河继续不断地流着，流着，然而它仍在那里，并未流失：它总是保持着老样子，然而它又时时更新，没有一瞬的停滞。此中奥妙，有谁可以明白？有谁可以想象？他还没有明白它的奥妙：他只感到一种隐约的疑情，一种恍惚的记忆，以及一些神圣的声音而已。

　　悉达多站起身来，饥饿的苦闷已经使他变得难以招架了。他痛苦地沿着河岸漫步，谛听河水发出的潺潺声，谛听饥饿从他胃中传出的啃蚀声。

　　当他到达渡口时，那艘渡船恰好也到了那儿，而从前曾渡青年沙门过河的那位摆渡人，也正站在船上等他，悉达多仍然认得他，只是他已老了不少。

　　"愿意渡我过去？"他问。

　　摆渡人见到这位仪表出众的人居然独自步行，颇为讶异地让他上了船，划了开去。

　　"你拣了一种美好的生涯，"悉达多说道，"住在这条河的附近，每日在它上面飘来飘去，情形必然不错。"

　　"是的，先生，如你所说，确实不错。不过，各行各业，不是也各有好处么？"

　　"也许，不过我却羡慕你这一种生活。"

"哦，你不久就会对它乏味的。这一行不是锦衣玉食的人可以干的活儿。"

悉达多笑了起来，"我这一身衣服，今天不但已经使我受到了批评，同时也受到了怀疑。我已经对这些衣服感到厌倦了，请你收下好么？因为，不瞒你说，你渡我过河，我却没有钱付你渡资哩。"

摆渡人笑道："你这位先生真会开玩笑。"

"朋友，我并不是开玩笑。你以前曾渡我过这条河没收渡资，这回以衣服当渡资，一并收了吧！"

"难道这位先生光着身子走路不成？"

"我不想再走了。我倒希望你能给我一些旧衣服，并且留我做你的助手，或者收我当你的学徒，因为我得跟你学习操舟的技巧。"

摆渡人将这个陌生人仔细地打量了一番。

"我认出你来了，"他终于说道，"你曾在舍下住过一宿。那是很久以前的事情了，差不多有二十多年的时光了。那时我将你渡过这条河，分手时我们成了朋友。你那时不是一个苦行沙门吗？我记不起你的大名了。"

"在下名叫悉达多，跟你分手时曾是一名沙门。"

"噢，悉达多，欢迎光临。在下名叫婆薮天①。我希望你今天愿意在舍下作客，同时在舍下过宿，说说你的来处和厌恶这些上好衣服的原因。"

他们已到河心当中，因为水流较急，婆薮天正在使劲地划着船。他一面注视着船头，一面以一双强壮的臂膀划着。悉达多坐在船上望着他，想起他在结束沙门生活之前曾对这位摆渡人有过好感。他满怀感激地接受了婆薮天的邀请。等到船抵岸边时，他立即帮他将船系妥。于是婆薮天将他引入他的茅舍之中，给他拿了面包和开水。悉达多吃得津津有味，婆薮天拿给他的芒果，他也吃了下去。

不久，太阳开始下山，他们便到河边的一根树干上面坐下，而悉达多便开始述说他的出身和生活情形，以及今天如何在绝望的时候来到此地。娓娓道来，这个故事说了很久，直到夜深。

婆薮天聚精会神地谛听悉达多一五一十地述说着，听他述说了他的家世，他的童年，他的学习，他的追求，以及他的享乐和需欲。这位摆渡人最大的美德之一，就是善于聆听别人说话，这是很少人能够办到的事。纵使他一声不吭，说话的人也会感到他在安静地等待着，句句都听得明明白白，一个字也不会听漏。他既不夸奖，亦不贬斥，更不急切难耐地等待什么——只是安静耐心地谛听着。悉达多觉得，能有这样一个可以专心聆听别人生活、挣扎和烦恼的听众，真是太好了。

而当悉达多的故事告一段落，说到河边那棵树，说到他的无限绝望，说到神圣的"唵"字真言，以及大睡之后醒来对这条河生起了说不出的爱意时，这位摆渡人更是加倍的注意，闭起眼睛，完全专心一意地谛听着。

等到悉达多说完，停了很长一段时间，婆薮天这才开口说道："正如我所想的一样，这条河对你说话了。并且，它对你蛮好的；它还在对你说话哩。很好，很好，非常好。留下来与我一道吧，悉达多，我的朋友。我曾有过太太，她的床就在我的床边，不过她过世已经很久了。我一直过着孤家寡人的生活。来跟我同住吧，这里住的和吃的，都够我们两个使用。"

"谢谢你，"悉达多说道，"恭敬不如从命，你的好意我接纳了，谢谢你。并且，我还要感谢你，婆薮天，你真是个好听众，太善于听人说话了。善于听人说话的人很少，直到现在，我还没有碰到一个像你这样善解人意的人。这是一种美德，我也要向你学习。"

"你会学到的，"婆薮天说道，"不过，不是向我学。我向这条河学会谛听；你也可以向它学。这条河无所不知，你什么都可以跟它学。你已向这条河学了不少东西，不妨继续努力向下探求，深入其中，探入源底。富有而不俗气的悉达多要做一个舟子；饱学的婆罗门悉达多要做一个渡子。

这也是你跟这条河学来的。既能学到这点，别的东西自然也会学到。"

顿了好一阵子，悉达多终于问道："婆薮天，你说别的东西，是指什么？"

婆薮天立起身来。"时间不早了，"他说，"咱们睡觉吧。我的朋友，我没法对你说明别的东西是什么。你自己会发现的，说不定你已经晓得了。我不是一个学者，我不晓得怎样说怎样想。我只晓得怎样听话和怎样真心诚意；不然的话我就什么也学不到。如果我能言善道的话，也许就当教书先生了，但事实上我只是一个摆渡人，而摆渡人的工作只是载人渡过这条河罢了。我已渡过成千累万的人，对于这些人而言，我们这条河只是他们旅途上的一道障碍而已。他们出门旅行，不是为了金钱事业，就是为了婚姻，再不然就是朝圣求福求寿。而这条河正好阻挡他们的去路，因此才要摆渡人尽快使他们跨过这个障碍。不过，在这成千上万的人中，也有少数几个人——不过四五个而已——不把这条河视为一种障碍。他们听到了它的教言，并且依教奉行，因此，对于他们，这条河也就成了神圣，就像对我一样。悉达多，咱们上床睡觉吧。"

悉达多与这位摆渡人待在一起，学习如何照顾渡船，并在无人求渡的时候跟着婆薮天到稻田里面芟除杂草，或到果园里面去割香蕉。他学习怎么做桨，怎样修缮渡船，怎样编制竹篓。他对他所做所学的每一件事情莫不兴趣盎然，故而不觉日月如梭，过得很快。但他从这条河流学到的东西，比婆薮天所能教导的还多。他孜孜不息地向它学习。最重要的是，他向它学会了如何聆听，如何平心静气地谛听，如何心胸开敞地谛听，既不烦倦，亦不希求什么，既不批评，亦不乱提意见。

他与婆薮天生活在一起，非常快乐，但很少说话，偶尔交谈数语，也是经过深思熟虑之后才说出口。婆薮天是位闲静少言的朋友，不喜欢说话唠叨。悉达多纵然有意逗他说话，多半也是枉然。

有一次，他问婆薮天："你也从这河学到世间没有时间这种东西的秘密了吧？"

婆薮天的脸上绽开了爽朗的笑容。

"是的，悉达多，"他答道，"你的意思是说，这条河在同一个时间遍存于每一个地方——同时在源头，在河门，在瀑布，在渡头，在中流，同时在海洋，在山岳，无所不在，并且，不仅如此，现在的一切——既不是过去的影子，也不是未来的阴影——亦只有为它而存在。你的意思是不是指这个？"

"正是，"悉达多说道，"我一旦领悟了这个道理之后，便将我的平生做了一番回顾，结果发现我的生活也是一条河——少年的悉达多，成年的悉达多，以及老年的悉达多，殊无二致，间隔的只是影子而不是实际。悉达多前生前世的生活也不在过去，而他的死亡乃至复归于梵，也不在未来。没有过去，没有未来，一切皆真，只有现在。"

悉达多愉快地诉说着。这个发现使他感到乐不可支。如此说来，所有一切的烦恼，岂非都不在时间之中了么？所有一切的自我折磨和恐惧，岂非都不在时间里面了么？一个人一旦征服了时间，一旦放逐了时间，岂不就是征服世间一切的困难和邪恶了么？他兴高采烈地倾诉着，但婆薮天只是神采飞扬地对他微笑着，只是以点头表示他的同感。他拍拍悉达多的肩膀，转身回到他的工作岗位。

还有一次，时逢雨季，河水暴涨，整日奔腾怒吼，悉达多见了说道："我的朋友，这条河流真有许许多多的声音，可不是么？它有君王的声音，有战士的声音，有公牛的声音，有夜莺的声音，有孕妇和哀伤之人的声音——总而言之，它有成千上万的声音。可不是么？"

"确实是，"婆薮天点头答道，"所有一切生物的声音莫不含在它的声音里面。"

"还有，"悉达多继续说道，"在一个人能够在同一个时候听出它的一万种声音的当儿，它所发出的一个字音是什么，你知道吗？"

　　婆薮天听了开怀大笑；他俯下身子对着悉达多的耳朵轻轻念出了那个神圣的"唵"字。果然不错，这正是悉达多听出的那种声音。

　　随着时间的转移，悉达多的笑容愈来愈像婆薮天的笑容了，几乎跟婆薮天一样地光彩洋溢，几乎跟他一样地充满喜悦，一样地焕发着成百成千的细小皱纹，一样地孩子气，一样地老态龙钟了。许许多多的过往行人，看到他俩形影相随的样子，都以为他们是兄友弟恭的手足。到了晚上，他俩常常一同坐在河边的那根树干上面，静静地谛听流水的声音，但这对他们而言，并不只是流水的声音而已，同时也是生命的声音，也是神明的声音，也是变而不变的声音。并且，有时还会发生一种情形，他俩在同听河水的当儿同时想到一件事情——也许是头一天对谈的某一句话，也许是使他俩感到可怜的某个行人，也许是死的问题，也许是他们的童年；而当他俩同时听到河流所说的福音时，他们更因有了同感而彼此对视一下，因为对于同一个问题提出同样的答案而感到快活异常。

　　许许多多的来往过客，都感到这个渡口和这两位摆渡人的身上放射着某种神秘的东西。不时发生的事情很多：有时候，一个行人见了这两位摆渡人之后，就情不自禁地诉说自己的生平和烦恼，并向他们忏悔本身的罪过，请求安慰和开

示。有时候，一位旅客请求允许与他俩共度一个黄昏，以便
向他们学习听水观河的法门。有时候，有些好奇的人士，由
于听人说起渡口住着两位智者，术士，或者圣人，因而来探
访，提出许许多多奇奇怪怪的问题，但他们所得到的只是微
笑，而不是什么神奇奥妙的答语，结果毫无所得。因为他们
所见到的只是两个和蔼的老人，好像哑巴一般，古怪而又愚
笨，既不会玩弄法术，更不会谈玄说妙；因而他们大笑而回，
笑人们何其愚蠢，居然传出这样荒诞的谣言。

　　岁月如梭，谁也不知过了多少年。一天，有些僧人，说
是大觉世尊的弟子，前来渡口，请求渡河。这两位摆渡人听说，
他们要尽快赶到他们的导师身边，因为消息已经传出，世尊
示疾②，不久即般涅槃③而得解脱④。不久之后，又有一批僧
侣来到，接着又是一批，而这些僧侣以及绝大部分的旅客，
都不说别的，只谈世尊的即将入灭⑤。人们从四面八方来到，
好像参加远征军或出席加冕礼似的，又像一群群的蜜蜂被某
种磁石吸聚而来一般，人潮汹涌地走向大觉世尊示寂⑥，一
代救主进入永恒之境的地方。

　　当此之际，悉达多对这位即将入寂⑦的圣人颇多思念，
因为他曾以敬畏的心情瞻仰过他的圣颜，曾经亲耳恭聆过他
那警醒千万世人的法音。他恳切地思念着他，想起了他所说
的解脱之道，而当他忆起他年轻时对世尊所说的话时，不禁

哑然失笑。他那时所说的那些话，如今想来，不但有些妄自尊大，简直有些言之过早。但他感到，很久以来，他在精神上一直与佛陀未曾分离——尽管在形式上未能接受他的教言。没有错，真正的真理追求者是不能接受任何教言的。真的，假如他真想发现真理的话，任何教言都不能放在心中的。但他一旦发现之后，那就不妨随喜赞叹每一条道路和每一种目标了；到了那时，他与那成千上万活在永恒之中的圣者，就不但不相分离，而且可谓同一鼻孔出气了。

一天，正当大批大批的人潮前去朝谒即将入寂的佛陀之际，曾经一度是鹤立鸡群的艳妓渴慕乐，也跟着踏上了她的参拜之途。她不但早就收藏艳妓，洗手不干了，并且还将她的林园献给了佛陀的僧团，而今更成了朝圣团中的一名居士兼施主。她一听佛陀即将入灭，马上就穿上朴素的衣服，带着她儿子以行脚的方式步上道途。

他俩已经快到这条河边，但她的儿子不久就变得不耐烦了；他一会儿吵着要转回家，一会儿闹着想要休息，一会儿又闹脾气要吃东西。他别别扭扭，一会儿阴阳怪气，一会儿眼泪汪汪。渴慕乐只好不时停下来陪他休息。他一向娇生惯养，经常违拗她的意志而行。她只得不时喂着他，不时哄着他，但也不时责骂他，但他总是没法明白他的母亲为什么要做这种累人的旅行，为什么要到一个陌生的地方，为什么要去拜望一个虽然神圣，但已不久于人世的怪人。他不时在心里发恨：他要死就让他死好啦！跟我这个小孩又有什么关系！

这两个朝圣者就这样断断续续地走到距离渡口不远的地方。小悉达多又吵闹着对他妈妈说他要休息了。实际上，渴慕乐自己也走累了，因此，趁她儿子休息吃香蕉的时候，她也就地蹲下身去，半闭着眼睛略事喘息，但她才蹲下不久，忽然发出一声痛苦的惊叫。她的儿子吓了一跳，转头朝她看去，只见她面色苍白，充满恐惧的神情。一条小小的黑蛇，在她的衣服下面咬了一口，溜走了。

他们母子两个急忙向前奔跑，以便找人救助。正当他俩刚要抵达渡口的时候，渴慕乐因支持不住而倒在地上，再也无法前进了。孩子一面大喊救命，一面拥吻他的母亲。她也挣扎着跟他一齐大声叫喊，终于将他们的叫声传入了站在渡口的婆薮天耳里。他迅即奔到她那里，伸开两臂将她抱起，转身走回渡船。孩子紧紧跟在他的后面。不一会儿，他们便到了那间茅屋，而悉达多在那里正要站起身来点灯。他抬头看了一下，首先看到孩子的面孔，不期然地使他忆起了某件往事。接着，他看到了渴慕乐，立即认出了她，虽然，她在婆薮天的怀里已经变得不省人事了。于是，他心里明白了，使他忆起某件往事的那个孩子，就是他的嫡亲儿子，因而情不自禁地心跳忽然急遽了起来。

他们替渴慕乐洗涤了创口，但它已经发黑了，而她的身体亦已有了浮肿的现象。他们给她灌了一些解药，不久，她的意识也清醒了过来。她正躺在悉达多所睡的那张床上，并且发现她曾热爱的悉达多正在俯身注视着她。她以为自己是在做梦，不觉微笑着凝视她这位情人的面孔。逐渐地，她明白了她的处境，想起了被蛇咬着的情形，因而焦急地呼唤她的儿子。

"不要担心，"悉达多说道，"他在这儿哩。"

渴慕乐注视着他的双眸。毒性已在她的身上发生作用，她感到说话有些费劲。"亲爱的，你已老了呀，"她说，"你的头发都灰了，但你跟从前到我园中找我的那个青年沙门仍然一样，没穿鞋子，两脚满是尘土。你离开渴慕斯华美和我的时候更像那个年轻沙门。你的眼睛仍然像他，悉达多。啊，我也老了，老了——刚才你认出我了么？"

悉达多微笑道："我一眼就认出你了，亲爱的渴慕乐。"

渴慕乐指着她的儿子说道："你也认出他了吧？他是你的骨肉。"

她的眼神飘动了一下，然后闭了起来。孩子开始哭泣。悉达多将他抱到他的膝上，抚摸他的头发。他注视孩子的面孔，忆起了他幼年学过的一首婆罗门祷词，于是缓缓地以一种吟咏的声调背诵它，于是它的字句又从过去和童年回到了他的心中。孩子在他背诵祷词的时候安静了下来，不过仍在哽咽着，但不久就睡着了。悉达多将他安置在婆薮天的床上。婆薮天站在炉灶前煮饭。悉达多向婆薮天看着，向他微笑着。

"她不久于人世了。"悉达多轻声地说道。

婆薮天点了点头。他那一副慈祥的面孔映照着炉灶的火光。

渴慕乐再度清醒过来。她的脸上露着痛苦的神情；悉达多可从她那苍白的脸上和嘴上看出那种痛苦。他脉脉含情地静观着，等待着，分担着她的痛苦。渴慕乐明白此点；她的视线在搜索着他的眼睛。

她两眼望着他说道："我现在看出，你的眼睛也变了，变得大为不同了。我怎么认出你仍是悉达多呢？你是悉达多，而你又不像他。"

悉达多没有吭气，他只是默默地注视她的眼睛。

"你已达到那个目标了？"她问，"你已发现寂灭®之乐了吧？"

他微笑着将他的手放到她的手上。

"果然，"她说，"我看得出来。我也要发现寂灭之乐了。"

"你已发现它了。"悉达多轻悄地说道。

渴慕乐定定地凝视着他。她本来想去朝见佛陀，瞻仰世尊的慈颜，从而沾取他的一分寂灭之乐，而她只见到悉达多，不过这也不错，跟见到佛陀一样好。她想将这句话对他说出，但她的舌头已经不能如她所愿了。她默默地注视着他，他看出她的生命正从她的眼中凋谢。当临终的痛苦充满而又离开她的眼中之时，当最后震颤掠过她的全身之际，他以手指替地合上了眼皮。

他坐在那里注视着她那副死寂的面孔，注视了良久良久。他久久地注视着她那张衰老而又疲惫的嘴巴和她那双皱缩的口唇，并且忆起他曾在他的人生春天将它们比作新切的无花鲜果。他久久地凝视着她那张苍白的面孔和那些疲惫的皱纹，并且看到他自己的面孔也像那样一般苍白，一般死寂，而他又在这同一个时间同时看到他和她的年轻面孔及其鲜红的口唇和热情的眼睛出现在他的眼前，而这又使他惊异地觉察一种当下眼前和同时存在的感受。就在这个时候，他更为深切地感到众生的不灭之性和刹那的永恒之性。

待他站起身来时，婆薮天已经为他装了一些米饭，但悉达多一口也没有吃。这两位老人在羊圈里面铺了一些稻草，婆薮天躺下便睡了。悉达多步出门去，坐在茅舍的前面，整夜谛听河水的说法，深深地沉入他过去的生活之中，同时受到各个时期的感动和包围。但他不时立起身来，走到茅屋的前面，听听孩子是否仍在睡觉。

一大清早，太阳还没出现，婆薮天就跑出羊圈，走向他的朋友。

"你还没有睡觉。"他说。

"是的，婆薮天。我坐在这里听河说法。它对我说了不少东西，使我充满了许多伟大的思想——许许多多一如不二⑨的意念。"

"悉达多，你历尽了痛苦，但我看出悲伤并未侵入你的内心。"

"不错，我亲爱的朋友。我何必悲伤呢？我曾富有过，幸福过，而今更加富有了，更加幸福了。我已得了一个儿子。"

"我也欢迎你的儿子。不过，现在，悉达多，且让我们去工作吧，要做的事儿可多哩。渴慕乐既然死在我妻病逝的床上，我们也得在焚化我妻的那座山上为她做个火葬场才是。"

于是，他们便在那个孩子睡着的时候到那座小山的上面去做火葬场了。

【译注】

① 婆薮天（Vasudeva），亦作"婆荧天"，系由婆薮或婆萸（Vasu）与天神（deva）两字合成，婆薮意为善，财，甜，干；自然现象的八种化身：八；太阳等等；克里希纳神之父；被解释为向天奉献牺牲的第一人，曾被打入地狱，但经无数劫后，做了佛陀的弟子；也是天神毗瑟狡（参见本书第五章《青楼艳妓》译

注②。）的名字，又是人类所应侍奉的有情，例如父亲等。佛教大辞典解云："又曰婆薮"仙人名，婆罗门中始杀生祭天，生堕于地狱，经无量劫，由华聚菩萨之大光明力救脱地狱，诣释迦佛所。佛赞叹之，为众说其大方便力。见智度论三，方等陀罗尼经一。

② 示疾（此词意译，直译为重病），依教理说，佛真法身，清净无漏，故无生、老、病、死等事，而佛之所以现此等现象者，乃向众生作现身说法之示现云耳。

③ 般涅槃（此词意译，直译为死亡），中译为入涅槃，详见本书第二章《入山苦修》译注①。

④ 解脱（此词意译，直译为得救，系基督教用语，含意略别，故不取），佛学大辞典释云：离缚而得自在之义。谓解惑业之系缚而脱三界之苦果也。又为涅槃之别称，以涅槃之体，离一切之系缚故也。又为禅定之别称，如二解脱，三解脱，八解脱，不思议解脱，以脱缚自在者，禅定之德也，所有解脱身，解脱味，解脱门，解脱道，乃至解脱深坑，亦皆由此而来。所谓二解脱者，解有多种：一、有为解脱，为阿罗汉无漏之真智。二、无为解脱，是为涅槃。《俱舍论》二十五曰："解脱体有二种，谓有为，无为。有为解脱谓无学胜解；无为解脱谓一切惑灭。"又，一、性净解脱，谓众生之本性清净，无系缚染污之相；二、障尽解脱，谓众生之本性，虽为清净，然由无始以来烦恼之惑，不得显现本性，今断尽此障惑，得解脱自在也。见宝性论五。又，一、慧解脱，阿罗汉未得灭尽定者，是为唯解脱涅槃之智慧障者，故曰慧解脱。二、俱解脱，阿罗汉得灭尽定者，是为解脱慧与定之障者，故曰俱解脱。见成实论分别贤圣品。又，一、时解脱，钝根之无学，待胜时而入定、及得解脱烦恼之缚者；二、不时解脱，利根之无学，不选时而入定、及得解脱烦恼之缚者。见《俱舍论》二十五。又，一、心解脱，心离贪爱者；二、慧解脱，慧离

无明者。见大乘义章十八，俱舍宝疏二十五。三解脱者，又曰三空，亦曰三三昧，俱名三解脱门：一、空解脱、二、无相解脱。三、无愿解脱。三种之禅定也。三三昧是为旧称，新称云三三摩地，译曰三定，三等持，就能修之行而名之。仁王经谓之三空，此就所观之理而名之。十地经论谓之三治，此就所断之障而名之。此三昧有有漏、无漏二种。有漏定谓之三三昧，无漏定谓之三解脱门。解脱即涅槃，无漏为能人涅 之门也，犹如有漏曰八背舍，无漏曰八解脱也。三三昧之义为：一、空三昧，与苦谛之空、无我二行相应之三昧也。二、无相三昧，是与灭谛之灭、静、妙、离四相相应之三昧也。三、无愿三昧，旧云无作三昧，又云无起三昧，是与苦谛之苦、无常二行相、集谛之因、集、生、缘四行相相应之三昧也。又有重三三昧，或称重空三昧，是举前空空三昧之一以摄他也。若各别称之，则为重空、重无相、重无愿。一、空空三昧，罗汉以无漏智观诸法之空，无我，是名空三昧，更以有漏智观前之空智为空相、厌舍之，名为空空三昧；二、无相无相三昧，先以无漏智观涅槃之灭、静、妙、离，名为无相三昧，更以有漏智观尽灭此智之非择灭无为静相，而厌舍前之无相，名为无相无相三昧；三、无愿无愿三昧，观如上苦、集、道三谛之苦、无常等相，更厌舍之也。八解脱者，旧曰八背舍，是为舍弃三界染法系缚之八种禅定，与八胜处、十一切处、一具之法门也。一、内有色相观外色解脱，二、内无色相观外色解脱，三、净解脱身作证具足住，四、空无边处解脱，五、识无边处解脱，六、无所有处解脱，七、非想非非想处解脱，八、灭受想定身作证具住。八背舍者，新曰八解脱（见上），再加八胜处、十一切处，谓之三法，为远离三界贪爱一具之出世间禅也。《智度论》二十一曰："背舍多初门，胜处为中行，一切处为成熟也。三种观是，即是观禅体成就。八胜处者：发胜知胜见，以舍贪爱之八种禅定也，是为起胜知胜见之依处，故名胜处。一、内有色想，观外色少胜处：内心有色想，故云内有色想。又，以观道未增长，若观多色，则恐难摄持，故观少色，谓为观外色少，但观内身之不净，或观少许之外色清净也。二、内有色想，观外色多胜处：内心有色想之义如上，但以行人之观道渐熟，多观外色亦无妨。谛观一死尸而至于十、百、千、万之死尸，若观一胖胀时，悉观一切之胖胀。观广大之外色清净，谓为观外色多，三、内无色想，观外色少胜处：观道渐为深妙，虽观外色而内心不存色想，故曰内无色想。观外色少之义如第一胜处，又观净、不净亦如初。四、内无色想，观外色多胜处：内心不留色想，故曰内无色想。观外色多之义，如第二胜处、净观、不净如前。以上四者，净、不净杂观也（俱舍说唯净观）。五、青胜处：观外之青色，转变自在，使少为多，使多为少，于所见之青想，不起法爱也。六、黄胜处：观黄色而不起法执，如青胜处。七、赤胜处：观赤色如青胜处。八、白胜处：观白色如青胜处（今以四色为胜处者，依智度论，俱舍论：若依璎珞经，则以四大为四胜处。以上四者唯净观也。凡观净色，必远离不净色也。）此八胜处之相，与八解脱或八背舍同。盖前二胜处如第一解脱，次二胜处如第二解脱，后四胜处如第三解脱也。见俱舍二十九。法界次第中之下曰："大智度论作譬云：如人乘马，能破前阵，亦能自制其焉，故名胜处也，亦名八除入。"十一切处者，新曰十遍处，观青、黄、赤、白、地、水、火、风、空、识之十法，使其二周遍于一切处也。十中之前八者，如前之第三净解脱，观色之清净，其所依之禅定亦如前，依第四禅定缘欲界之色也。后二者依空无边处、识无边处定为所依，缘其他受、想、行、识之四蕴也。修观行者由解脱入于胜处、由胜处入于一切处，起于后后者胜于前前也。盖依解脱，但于所缘，总取净相，未能分别青、黄、赤、白，后之四胜处，虽能分别青、黄、赤、白，而未能作无边之行栢也。又前之四一切处，二观为无边，而思此青等以何者为其所依，知依于大种，故地、水、火、风，二观为无边，复思此所觉之色何所依而广大，知由于虚空，故次观虚空无边。又思此能觉之识以何者所依，知依于识，故次观识无边。此所依之识，别无所依，故更无第九之遍处。见智度论二十一，俱舍论二十九，同颂疏二十九，法界次第中之下。解脱身者，二佛身之一，佛身解脱烦恼障，故名解脱身，又为五分法身之一。解脱味者，出世法三味之一，亦即涅槃之妙味也。《胜鬘宝窟中》末曰："出世法有三种味：一，法味；二，禅悦味。三、解脱味。"解脱门者，谓空、无相、无愿三种之禅定也。此三种为涅槃门户，故名。《俱舍论》二十八曰："于中无漏者，名之解脱门，能为涅槃为入门故。"解脱道者，四道之第三，又为佛道之总名，出离解脱之道，如解脱道论之解脱道。解脱深坑者，固执于解脱而不能圆满自利利他之行，譬如堕于深坑也。

⑤ 入灭，此词亦为意译，谓入于寂灭之境也。梵语涅槃（详见本章译注③），亦译寂灭，通称圆寂。离烦恼云寂，绝生死之苦果（不再轮回六道）曰灭，故证果人之死名入寂。参见本章译注⑥，⑦，⑧。

⑥ 示寂，此词亦为意译，寂者圆寂，又寂灭也，是涅槃之译语。示寂者，为示现涅槃之义，言佛、菩萨及高德之死也，亦解：佛、菩萨等证极果之圣贤，并无生死，只是示现生死耳，或曰，生死如幻，并无实事，故示现如幻之生死耳，参见本章译注⑤，⑦，⑧。

⑦ 入寂，略同入灭，见本章译注：⑤，⑥。

⑧ 寂灭（英译Peace，有和平、宁静、安心等意，均非此处所指）：梵语涅槃之译语，其体寂静，离一切之相，故云寂灭。略同于本章译注⑦。此有数语可释：一、寂灭相：谓涅槃之相离一切之相，谓之寂灭相。法华经方便品曰："诸法从本来，常自寂灭相。"《智度论》八十七有曰："涅槃即是寂灭。"二、寂灭

无二：谓涅槃离一切差别之相，故谓之寂灭无二。圆觉经有曰："圆觉普照，寂灭无二。"三、寂灭为乐：寂灭者，涅槃也，对于生死之苦而涅槃为乐。涅槃经曰："诸行无常，是生灭法。生灭灭已，寂灭为乐。"四、寂灭道场：谓化身佛证有余涅槃之道场也。如释尊在摩竭陀国迦耶山头尼连禅河边之菩提树下金刚座上是也。《晋译华严经》一曰："一时佛在摩竭陀国寂灭道场始成正觉。"文中"发现寂灭之乐"一语，亦可改为"已得正受"，以免与入灭、入寂或涅　等词相混。所谓"正受"者，梵语"三昧"之中译，"三"为"正"，"昧"为"受"，禅定之异名也。定心离邪乱，谓之"正"，无念无想，纳法在心，谓之"受"，如明镜之无心现物也。大乘义章十三曰："离于邪乱故，总为正，纳法称受。"《观经玄义》分曰："言正受者，想心都息，缘虑并亡，三昧相应，名为正受。"又云："正受者，一切不受也。"此意似仍未妥，待考。

⑨ 一如不二（英译为Unity，直译为合一，此处为复译，盖一如与不二有略同之处，只为行文方便耳），为佛、菩萨的自在境界，也是佛弟子修行的目标之一，简称"如如"，或仅称"如"。先释"一如"："一"者，不二之义，"如"者，不异之义，名不二不异。曰"一如"，即真如之理也。三藏法数四曰："不二不异，名曰一如，即真如之理也。"密教以事事物物曰"理"，称其理彼此同相曰"一如"。故与显教诸法同体之一如差异。盖显教之一如，　法界也；密教之一如，多法界也。吽字义曰："同一多如，多故如如。"十方之人同乘一如之理而顿悟菩提，谓之"一如顿证"。《止观》八下曰："魔界如，佛界如，一如无二如。"《佛学大辞典》"如"字条释云：如者，如法之各各之相也，如法之实相也，如地之坚相，水之湿相，谓之各各之相，是事相之如也。然此各各之事相非实相，其实皆空，以彼此之诸法以空为实，空者，是诸法之实相也。此实相之如，称为

如，故如实相即如也。又，此如为诸法之性，故名法性。此法陆为真实之际极，故曰实际。故如与法性与实际，皆诸法实相之异名也。又，诸如之理性相同，谓之如，以诸法虽各各差别，而理体则一味平等，故如者，理之异名也。此理真实，故云真如；其理为一，故云一如。但就其理体言之，般若经之如立为空，法华经之如立为中，是教门之不同也。《智度论》二十二曰："诸法如有二种，一者各各相，二者实相。"又曰："佛弟子如法本相观。"又曰："如，法性，实际，此三者皆是诸法实相异名。"《维摩经菩萨品》曰："如者，不二不异。"又释"如如"条云：《楞伽经》所说五法之一。法性之理体，不二平等，故云如，彼此之诸法皆如，故云如如，是正智所契之理体也。《大乘义章》三释曰："言如如者，是前正智所契之理。诸法体同，故名为如。就二如中，体备法界恒沙佛法，随法辨。如义非一，彼此皆如，故曰如如。如非虚妄，故复经中亦名真如；佛性论二解曰："如者有二义，一如如，智，二如如境，并不倒，故名如如"不二者，谓一实之理，如如平等，而无彼此之别，谓之不二。菩萨悟入一实平等之理，谓之入不二法门。不二之理，为佛法之轨范，故云法：众圣由之趣入，故云门。佛教有八万四千法门，不二法门，在诸法门之上，能直见圣道者也。维摩经载文殊师利问维摩诘云："何等是不二法门？"维摩默然不应，殊曰："善哉！善哉！无有文字言语，是真不二法门也。"天台荆溪尊者释法华玄义所明之本迹十妙，立十种不二门，归结之于一念之心，以示观法大纲，发其深意。十门之所以皆名不二者，盖法华以前四时三教所谈之色、心等，二隔异，是名为二，至法华而四时三教所谈偏权之法，皆是诸法实相，而诸法实相平等一如，如中之一法，无隔历不融之法，故总名为不二。今以其本迹十妙与不二门之相摄，列之如下：

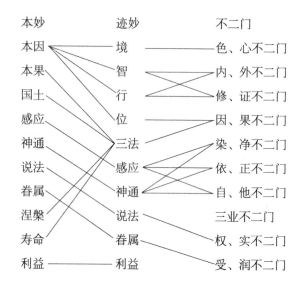

上述十不二门，本是荆溪尊者释签中结释十妙者，然为妙观之大体，故后人录出别行之，其注解多至五十余部，兹录其著名者，以为有心者之参考：

㈠科十不二门，一卷，唐，堪然述，宋，知礼科；

㈢十不二门指要钞，二卷，唐，湛然述，宋，知礼着；

㈢十不门义，一卷，唐，道邃录出；

㈣法华十妙不二门示珠指，二卷，宋，源清述；

㈤注法华本迹十不二门，二卷，宋，宗翌述；

㈥十不二门文心解，一卷，宋，仁岳述；

㈦法华玄记十不二门显妙，一卷，宋，处谦述；

㈧十不二门枢要，二卷，宋，了然述；

㈨十不二门指要钞详解，四卷，宋，可度详解，明，正谧分会。

又，我国应化圣贤宝志禅师，作有十四科颂，二皆颂不二，其名曰：一、菩提、烦恼不二；二、持、犯不二；三、佛与众生不二；四、事、理不二；五、静、乱不二；六、善、恶不二；七、色、空不二；八、生、死不二；九、断、除不二；十、真、俗不二；十一、解、缚不二；十二、境、照不二；十三、运用、无碍不二；十四、迷、悟不二，皆统二元归一如者也，见传灯录。又，不二有时亦作无二，诸佛世尊有十种无二行自在法：一、一切诸佛悉能善说授记之言说，决定无二也；二、一切诸佛悉能随顺众生之心念，使其意满，决定无二也；三、一切诸佛悉能知三世一切诸佛，与其所化一切众生之体性平等，决定无二也；四、一切诸佛悉能知世法及诸佛之法性无差别，决定无二也；五、一切诸佛悉能知三世诸佛所有之善根同一之善根，决定无二也；六、一切诸佛悉能现觉一切法，演说其义，决定无二也；七、一切诸佛悉能具是去、来、今诸佛之慧，决定无二也；八、一切诸佛悉能知三世一切之刹那，决定无二也；九、一切诸佛悉能知三世一切诸佛刹入于一佛刹之中，决定无二也；十、一切诸佛悉能知三世一切佛之语即一佛之语，决定无二世。见《宗镜录》九十九。

父子冤家

　　孩子惊恐地哭泣着参加了他母亲的葬礼。他听到悉达多将他当作他的儿子招呼他，并且使他在婆薮天的茅屋中受到欢迎，显得恐惧而又忧郁。一连几天的时间，他带着一副苍白的面孔，死板板地坐在葬他母亲的那座小山上面，别转着脑袋，望着别的地方，将他的心扉锁得紧紧的，仿佛在与他的这种命运抗拒，挣扎着。

　　悉达多体谅他的心情，尽量不去干扰他，因为他尊重他的哀伤。悉达多明白他的儿子并不认识他，因此还不能对他表示父子之情。但他也逐渐体会到，这个 11 岁的孩子已经被他的母亲宠坏了，已经养成富家子弟的娇气，已经吃惯了美好的食物，睡惯了柔软的床铺，早已有了呼奴使婢的习惯。悉达多感到，这个既被纵坏又逢丧母的孩子，自然无法一下适应这个陌生而又穷苦的环境，因此，他尽量不去逼他就范；他不但为他做很多事情，并且总是将最好的食物从自己口边留下来给他吃。他希望以友谊和耐心感化他的固执。

这孩子来到之初，悉达多曾将他自己视为一个富足而又有福的人，但时间一天一天地过去，这孩子仍然显得那么别扭，那么阴郁，而当他变本加厉，显得更加傲慢无礼，蔑视长辈，不肯工作，且偷窃婆薮天所种的水果时，他终于开始觉得，与他的儿子在一起，只有痛苦和烦恼，而无快乐和安静可言。但他爱他的儿子，宁可因为爱他而忍受痛苦和烦恼，而不愿为了快乐和逍遥而与他分离。

自从小悉达多进入这座茅舍后，两位老人便开始分工合作——婆薮天完全承担摆渡的工作，而悉达多则负责家中的杂务和田中的工作，以便与他的儿子待在一起。

一连几个月的时间过去了，悉达多一直耐心地期待着，希望他的儿子能够了解他，希望他会接纳他的父爱，并且还希望他也能有回报的一天。若干月来，婆薮天也一直在默默地冷眼静观、期待着，一句话也没有说。一天，当小悉达多忤逆他的父亲，并在脾气发作时摔破两个饭碗后，婆薮天便在那天晚上将他的朋友拉到一边，说是有话要对他讲。

"请原谅我，"他说，"我得以朋友的立场对你说话。我看出你很焦虑，很不快乐。我的老弟，你的儿子在折磨着你，也折磨着我。这只小鸟早已习惯了另一种生活，另一种窝巢。他跟你不一样，他不是因了厌倦和憎恶而逃避财富和都市；他离开那些东西，并不是出于自愿，而是身不由主。我的朋友，我已经问过这条河，我已经问它好多次了，而它总是大笑，它嘲笑我也嘲笑你；它晃动着身子嘲笑我们的愚蠢，流水归流水，少年归少年。你的儿子在这个地方是不会快活的。不信你去问这条河，听它怎么说。"

烦恼的悉达多望着他那副仁慈的面孔，那上面横着许多和善的皱纹。

"我怎么能够和他分离呢？"悉达多轻声说道，"我的好友，再给我一些时间吧。我要以爱心和耐心软化他的硬心。这条河有一天也会开导他的。他也是奉召而来的啊。"

婆薮天的笑容变得格外温暖了。"噢，是的，"他说，"他也是奉召而来的；他也属于这个永恒不灭的生命。但是，你我知道他是因何奉召而来的吗？他奉召走哪条道路？做什么事情？受什么苦楚？他受的痛苦不会很轻。他的心非常傲慢，非常坚硬。他也许将会吃上很多苦头，弄出很多错误，做出许多不义，犯上很多罪过。我的朋友，我问你：你在教育他么？他听你的么？你会修理他或处罚他么？"

"不会，婆薮天，我不会做那样的事情。"

"我早就晓得你不会了。你不严格对他，你不处罚他，你不命令他——因为你明白：柔能克刚，流水胜于岩石，爱心胜于武力。善哉，善哉！我赞叹你。但你对他不严，不愿处罚他，在你难道不是一种错误么？难道你还没有用爱心笼络他么？难道你没有天天用你的好心和耐心去羞辱他而使他感到更加难堪么？难道你没有逼使这傲慢的娇子跟两个以香蕉度日的老人住在一间茅舍里么？对于我们两个而言，甚至连米饭都是上等美味！岂止我们的思想跟他不同，我们的心也老了，安静了，跳得也没有他厉害了——难道不是么？——难道所有这一切，还不算抑制着、处罚着他么？"

悉达多困惑地望着地面，感到左右为难。"你认为我该怎么办？"他轻声地问道。

婆薮天答道："将他带到城里去，将他送回他的故居去。他的家里还会有仆人在，将他交给他们去。万一没有仆人在了，就将他交给一位教师，那倒不是为了教育他，而是让他与其他的男孩女孩聚在一起，让他处身于他所属的那个圈子里面，难道你从来不曾有过这种想法么？"

"你很能看透我的心思，"悉达多凄然地说道，"我是经常有此想法。但他心肠那样坚硬，怎么能够在这个世间活下去呢？难道他不会自以为高人一等么？难道他不会在声色犬马之中迷失自己么？难道他不会重蹈他父亲所遭遇的覆辙么？难道他不会完全迷失于六道轮回之中么？"

这位老摆渡人再度微笑了一下。他轻轻抚摩着悉达多的肩膀说道："我的老弟，去问问这条河吧！听听它的话，一笑置之吧！如此说来，难道你真的认为你为了使你儿子避

免重蹈你的覆辙才犯下这些错误的么？那你真的是认为你
能够使你的儿子免于六道轮回了？如何能够？运用训示？运
用祈祷？还是运用规劝？我的老弟，难道你已忘了你在这里
对我说过的与身为梵志之子的悉达多相关的那个富于教训意
味的故事了么？是谁使得身为沙门的悉达多免于轮回？免于
犯罪？免于贪婪和愚行之苦？是他父亲的虔诚？他老师的教
诲？还是他自己的知识？是他本身的追求，能够使他免于这
些苦厄？哪个父亲，哪位老师可以使他避免去过他自己的生
活？可以使他自己避免被生活污染？可以使他自己避免被罪
恶所累？可以使他自己避免吞咽人生的苦酒，可以使他不走
他自己的道路？我的老弟，难道你以为有人可以避开这条道
路么？你的小儿子也许可以，因为你要使他避免烦恼，痛苦，
以及幻灭，是么？但是，纵然你能为他舍命十次，你也无法
转变他的命运，一些些也办不到。"

婆薮天从来没有说过这么多的话。悉达多友好地向他道
了谢，带着烦恼走回他的茅屋，但他无法入睡。婆薮天对他
说的那些话，他没有一样没有自己想过，没有一样不是他自
己早已经明白的，只不过是他对这孩子的爱心，对他的热情，
以及他的唯恐失去他——所有这些，莫不胜于他的理智考虑。
他曾否如此全心全意地投注于任何人？他曾否如此认真地，
如此盲目地，如此痛苦地，如此绝望，然而却又如此快乐地

爱过任何人？

　　悉达多无法接受他这位朋友的忠告；他不能放弃他的儿子。他让这个孩子支使他，让他对他自己傲慢无礼。他默默地期待着；他每天以好心和耐心从事这种无言的战斗。婆薮天也以友好，体谅，以及宽容的态度默默地期待着。毕竟说来，他俩都是耐心的主宰。

　　某次，当这孩子的面形使他想到渴慕乐时，他突然忆起她在很久以前对他说过的一句话。"你不能爱人。"她曾如此对他说，而他亦曾同意她的说法。那时他曾将他自己比作高空的一颗明星，而其他的人则是坠落的树叶，不过，他也感到了她的话里含有某种指责的意味。说也没错，他从来没有让他自己完全投注在另一个人身上，至少没有达到完全忘我的程度；他从来没为了爱另一个人而做出爱的愚行。他一向没法办到此点，而这在当时看来，似乎就是他与一般平常人之间最大的差别。

　　可是而今，自从他的儿子来到之后，由于烦恼的折磨，由于爱心的支使，他悉达多就变得跟一般凡夫俗子完全没有两样了。而今，他也在他的一生之中，一度经验到了这种最为强烈，最为奇异的激情——尽管比一般人晚了一些。由于这种激情的关系，而今他遭遇了极度的痛苦，但从另一方面来看，他却也因此得到了提升和更生而感到更加富有了。

他确是感到了这份爱心，这份盲目的爱子之心，就是人间的激情，就是生死的轮转，就是搅动了的深层源泉。但他同时也觉得，他如此做，并非没有价值，确也有它的必要性，因为这也是出于他的至性。此种感情，这种痛苦，这些愚行，亦需加以体验。

同时，他的儿子也在以他的躁气让他作出愚行，让他努力挣扎，让他蒙受屈辱。他的父亲对他既无吸引力，他对他的父亲也就没有畏惧之心了。这个父亲是个善良之人，是个温文之人，也许是个虔诚之人，甚或是个圣贤之人——但所有这些，都不是可以赢得孩子之心的长处。这个父亲将他困在这个霉气的茅屋之中，使他感到厌倦透顶，而当他以微笑回报他的粗鲁，以友谊回报他的侮辱，以和善回报他的胡闹时，更加使他认为那是老狐狸的奸险诡计，可恨之极。这个孩子宁愿他的父亲恐吓他，虐待他，也不要接受这样的善良温情。

一天，小悉达多终于说出了他想说的话，并且公然忤逆他的父亲。他的父亲叫他去捡些引火的树枝，但这孩子不愿意出去；他站在那里不肯动身，并且大发脾气，以两脚顿地，捏紧拳头，猛烈地说出他的憎恨，当面蔑视他的父亲。

"树枝你自己去捡，"他喷着唾沫叫吼道，"我不是你的奴仆。我知道你不会打我，你——不——敢！但我晓得你会继续用你那种真诚和纵容来处罚我。你想要我变得像你那样真诚，那样温文，那样聪明，但你只有自取其辱，我宁愿变成一个小偷，变成一个杀人凶手，被打入十八层地狱，也不要变得像你那样！我恨你；你不是我的父亲，纵然你爱我母亲十几次，你也不是我的父亲！"

他满腔愤恨，一肚子不快，终于对着他父亲发出了一连串狂烈而又震怒的言辞。接着，这孩子跑了开去，直到很晚方回。

次日清晨，这孩子失踪了。一只以两色树皮编成，用来收受铜钱和银币渡资的小篓子，也不见了。渡船也不知去向了。悉达多发现它横在河的那边了。这孩子出走了，跑掉了。

"我得追他去，"悉达多说道。自从那个孩子说了那样硬心肠的话之后，他一直就感到非常苦恼，"单单一个孩子是无法通过这座丛林的；他会碰到某种危险的！婆薮天，我们必须做个竹筏，才能渡过河去。"

"我们要做一个竹筏，"婆薮天说，"才能把被那个孩子弄走的渡船弄回来。不过，我的老弟，至于那个孩子，还是让他走了吧。他已不小了，已经知道怎样照顾他自己了。他要寻路回到城里去，他是对的。不要忘了这点。他现在要做的正是你自己所忽略的事情。他在找他自己；他在走他自己的道路。唉，悉达多，我看出你在受着痛苦，在受着一个人应该嘲笑的痛苦，在受着你自己不久也会一笑置之的痛苦。"

悉达多没有答腔。他已经拿了斧头着手去做竹筏了，婆薮天随后跟来，用草绳将竹子编结起来。接着，他俩将竹筏推入河中，准备渡河，但竹筏被急流冲到下面远处，于是又逆流而上，然后再划向对岸。

"你带着斧头干吗？"悉达多问道。

婆薮天答道："船上的桨可能也不见了。"

悉达多知道他的朋友在想些什么——那孩子为了泄恨并阻止他们去追他，也许已将桨丢掉或者将它折断了。果然不错，桨已不在船上了。婆薮天一面指着船底，一面向他的朋友微笑着，好像是说：难道你还看不出你的儿子想说些什么吗？难道你还看不出你的儿子不希望你去追他么？但他并没有形诸语言，只管动手重新做桨去了。悉达多离开他去找孩子，婆薮天也没加阻挡。

悉达多在林中找了很久，忽然想道：他的追寻是枉费功夫。他心下想道：这孩子不是早就走出森林而抵达城中，就是仍在途中躲避追寻的人。他又想了一下，结果感到，他根本不必为他的儿子担心，他的心里明白，他的儿子在森林里面，既不会受到任何损伤，更不会遇到任何危险。虽然如此，而他却一直向前走去，但这已经不再是为救他的儿子，而是，也许是，想要再度见他儿子一眼，于是他继续向前走去，向那座城市的郊区走去。

他踏上了市郊的大路，伫立于一座美丽乐园的入口。这座乐园曾经一度为渴慕乐所有，而他最初看见她坐着肩舆从他眼前掠过，也在这个林园的门口。往事一幕一幕地在他眼前展开了。于是，他又看到他自己，一个赤身露体，满脸胡须，一头灰尘的青年沙门，站在这儿。悉达多在那里站了很久一段时间，透过敞开的园门向里凝视。他见到的是一些僧侣在美丽的林木下面经行①漫步。

他在那儿站了很久一段时间，在那里观想他的生活图画，他的生平故事。他在那里站立了很久一段时间，望着那些经行的僧侣，看到年轻的悉达多和渴慕乐双双漫步在那些大树之下。他清清楚楚地看到他在渴慕乐接待之下的自己接受她那最初的一吻。他看到他自己多么傲慢地而又不屑地回顾他的沙门生涯，多么自负而又急切地展开他的人间生活。他看到渴慕斯华美，看到那些仆从，那些宴乐，那些赌徒，那些乐师，一一在他的眼前走动。他看到了渴慕乐养在金丝笼中的那只鸣禽。他又从头活了一次，再度呼吸了生死轮回的气息，复又变得衰老而又疲惫，再度有了作呕的感觉而痛不欲生，再度听到了那个"唵"字真言。

悉达多在林园门口站立了很久一段时间，终于明白：他被一念驱使而赶来此地，真是愚不可及；他对他的儿子，实在无能为力，他实在不该将他自己的意愿强加于他儿子的身上。他对这个孩子怀有深切的爱心，但他的出走，对他而言，无异是一种创伤，不过，同时他也感到，这个创伤应该加以疗治，使它从他身上消除，而不应该存心让它发炎，化脓，乃至溃烂。

但因此时创伤尚未疗治，因此他很痛苦。他来追寻儿子的目标没有完成，所得的结果，却是一片空虚。他颓然地坐下身去。他感到某种东西已在他的心中死了；他再也没有幸福，没有目标可以追求了。他沮丧地坐在那里等待着。这是他向那条河学来的妙诀：等待，忍耐，谛听。他坐在尘土迷茫的路上谛听，谛听那疲于搏动的心音，凄然地等待一个启导的声音。他蹲在那儿谛听着，一连谛听了好几个时辰，不再见到任何景象，反而沉入一片空虚之中，而他则任其沉落，不求出离之道。而当他感到创伤发生剧烈的刺痛之际，他便轻声诵念"唵"字真言，让他自己充满"唵"字真言。园中的僧众早就注意到他了，而当他蹲在那儿一连好多时辰，以致使他那一头灰发蒙上了尘土之时，其中的一位僧人便向他走去，在他的面前放了两根香蕉，而这位老人却没有看到他的近前。

一只手触着了他的肩膀，使他从出神的状态中清醒过来。他认出了这轻柔的一触出于何人，因此他便恢复了神志。他爬起身来，问候了跟踪而来的婆薮天。他一见婆薮天的和善面孔，看到那些带笑的皱纹，看到他那双明朗的眼睛，他自己也跟着发出了会心的微笑。这时他才看到两根香蕉放在他的跟前，于是伸手将它们捡起，给他的朋友一根，另一根给他自己享用。于是他默默地跟在婆薮天的后面，穿过森林，返回渡口。他叙述了经过的情形，没有提到孩子的名字，既未述及他的出走，更未提及自己的创痛。悉达多回到茅屋之后上床就睡，隔了一会，等到婆薮天弄了椰子汁来给他喝时，他已睡着了。

【译注】

① 经行，亦作"行道"，于一定之地旋绕往来也，即坐禅而欲睡眠时为此防之，又为养身疗病。《寄归传》三曰："五天之地，道俗多作经行：直去直来，唯遵一路；随时适性，勿居闹处：一则痊疴，一能销食。"经行亦有仪度，《摩得勒伽》六曰："比丘经行时，不得舍身行，不得大驶驶，不得大低头；应缩摄诸根，心不外缘；当正直行；行不能直者，安绳。"

唵字真言

那个创伤刺痛了很久一段时间。悉达多渡了很多旅人过河，见他们携儿带女，心里不免有些羡慕，不免有些自怨自艾：有此洪福的人不知凡几——何以唯我独无？甚至是邪恶之人，乃至强盗和土匪，都有子女，都可以爱护他们的子女，而且得到子女的敬爱，唯我独无。而今他如此推论，不但十分孩子气，而且不合情理；他已经变得颇像一般的凡夫俗子了。

他如今看待世人，看法与前大为不同了：既不再那么精明，也不再那么自负了，因而也显得较为温暖，较为好奇，更富同情心了。

而今，他运渡一般的旅人——商人，军人，以及女人，似乎已不再像以前那样感到自己与他们格格不入了。他对他们的思想和看法虽然不甚了然，虽与他们尚无共同的认识，但他也有他们所有的那种生活的冲劲和欲望了。尽管他在自律方面已有很高的境界，并且对他的最后创伤也能逆来顺受，但他如今却可以感到，这些凡夫俗子好像他的手足兄弟一般。

他们的虚荣，欲望，以及琐碎，在他眼中，已不再像以前那么荒谬可笑了；所有这些，已经变得可以理解，可以爱惜，甚至值得尊重了。这里面虽然有着慈母盲目地疼爱子女，慈父盲目地以他的独子为傲，虚荣少女盲目地追求时髦和男人的爱慕，但是，所有这些小小的，单纯的，愚蠢的，但也极为强烈、极为重要的热情冲动和欲望，在而今的悉达多看来，似乎已经不再那么微不足道了。他已看出，人们就是为了这些而生活，而做大事，而出门旅行，而从事战争，而饱受痛苦，而他也因此而敬爱他们。他已经看出，生命，活力，那不可破坏的至道和大梵，都在他们的欲望和需要之中。这些人之所以值得敬爱和敬佩，就在他们具有如此盲目的忠诚，就在他们具有如此盲目的力量和韧性。圣人和思想家所具有的一切，他们无不具有——只有一件小小的例外，那就是对于众生一如的认识。而悉达多甚至还曾不止一次地怀疑到，这样的一种认识，这样的一种思想，究竟有没有这样大的价值，是否也只是思想家的孩子气的自我陶醉而已——因为思想家也不过是比较会思想的孩子而已，还在未定之数。除此之外，在其他各个方面，世人不但不输于思想家，而且往往还高出一头，正如一般动物在必要的时候所显示的那种坚持目标而不为所动的行为，似乎往往也比人类造物略胜一筹。

　　对于什么是真正的智慧，他长期追求的目标为何，这种见识，在悉达多的心中逐渐增长，逐渐成熟。这并不是什么别的事情，而是灵魂的一种调配，而是在思想的时候，在感觉的时候，在呼吸的时候，时时刻刻念念思念一如的一种能耐，一种秘密的法术。这个念头在他的内心逐渐成熟，如今它已在婆薮天那种鹤发童颜上面反映出来：这个世界永恒圆满的和谐，以及对于一如不二的体认。

但那个创伤仍在刺痛。悉达多仍在苦苦地渴念着他的儿子，仍在守护着他对儿子的爱心和温情，仍在让这种痛苦啃蚀着他，仍在做着那些爱心的愚行。这种火焰是不会不吹自灭的。

一天，在那创伤极度灼痛的时候，悉达多受不住渴念的煎熬，禁不住将小船划过河去，并弃舟登岸，想到城里去找他的儿子。河水在轻柔地流动着；虽然时逢旱季，但是它却发出奇怪的声音。它在大笑，它在明白地笑着！这条河在清清楚楚而且快快乐乐地笑着这个年老的摆渡人。悉达多止步不前了；他将身子弯在河水上面，以便听得更为仔细一些。他见到他的面孔映在静静流动的水上，而在这种影像的当中含着某种东西，使他想起了某件他已忘记的事情，而当他再一回想时，便记起来了。他的面貌好似另一个人——他曾认识，曾经敬爱，甚至曾经敬畏过的一个人。

那是他那身为婆罗门的父亲。他记起在他年轻的时候，他曾怎样逼使他的父亲让他出家去当苦行沙门，他曾怎样离他而去，乃至如何一去没再回头。他的父亲当时岂不也曾有过他如今想念儿子所感到的那种痛苦？他的父亲岂不是在孤独之中死去而未能再见儿子一面？他岂不也曾面对过这同样的命运？此种事物的历程，如此在一种命定的圈子之中反复轮转，岂不是一种闹剧？岂不是一种怪异而又愚蠢的事情？

河在大笑。是的，事情就是这样。凡事如不备受辛苦而得一个最后的了结，就会从头复演一遍，而同样的烦恼又得重复一回。悉达多爬回渡船，将船划回茅屋——一面思念他的父亲，一面想念他的儿子，一面承受河水的嘲笑，在自相矛盾之中挣扎，濒临绝望的边缘。而且，他不但要纵声嘲笑自己，同时也要大声嘲笑整个世人。创伤仍在刺痛；他仍在反抗他的命运。他的心灵尚未得到平静，他的痛苦仍然没有征服。但他充满希望，而当他一旦回到茅屋之中，他更充满一种不可抑制的欲望，要向婆薮天告白，要向他吐露一切，要把一切的一切报告这个深通聆听之术的人。

婆薮天坐在茅屋里编制一只竹篓。他已不再在渡口工作了；他的视力日渐衰弱，他的手臂亦然，但他面上的那种快乐和恬静安详的神情，不但依然未变，而且仍在发着光辉。

悉达多坐下在这位老人的身旁，缓缓地从头说来。他对他说了他从未提过的话，他说了他那次进城的情形，说了他的创伤如何刺痛，说他如何羡慕有儿女承欢膝下的父亲，说他虽知此类感情的愚昧，但他却在内心作着绝望的挣扎。他述及了他的一切；他可以尽情吐露。他陈述了他的创伤，他对老人说出了那天的溜走，说他如何划船过河，为何荡进城中，以及这河又怎样大笑。

悉达多继续不断地倾诉着，而婆薮天则沉静地倾听着，使得悉达多深深地感到他比以前更加专注了。婆薮天可以感到他的烦恼和不安，而他的隐秘希望则在他俩的内心之间往复对流。在这位听者面前揭示他的创伤，好似在河中沐浴一样，可以消除它的炎火，而与河水打成一片。悉达多继续不断地倾诉着，继续不断地告解着，愈来愈感到他的这位朋友愈不像婆薮天了，愈来愈不像是一个在听他倾诉的人了。他感到这个不动声色的听者在吸收着他的供述，就像一棵树在吸收着外面的雨露一样；他觉得这个如如不动的人就是这条河的本身，就是上帝的本身，就是永恒的自体。而当他不再想到他的本身和他的创伤之时，他便被婆薮天已经变了的这种感觉所占据，但当他对这种感觉的认识愈来愈深时，他就愈来愈觉得它并无新奇之处；他愈来愈觉得一切本来自然有序，婆薮天很久以来几乎一向就是这个样子，只是他未能看清而已；实在说来，他自己跟他也没有什么不同的地方。他感到他如今看婆薮天就像一般人看神一般，因而觉得这种看法难以立足。他在心里开始脱离婆薮天，但在同时他仍继续诉说他的心事。

等到悉达多把话说完之后，婆薮天缓举起他那略显疲弱的视线向他看去。他没有说话，但他的脸上却流露着慈爱，宁静，体谅和见识的光辉。他拉了悉达多的手，将他带到河岸旁边，与他并排坐下，向着河水微笑。

"你已经听到它的笑声了，"他说，"但你还没有听得完全。且让我们再听，你将会听到更多的东西。"

他们谛听。河水的多重歌声在轻柔地回响着。悉达多举目注视河面，见到荡漾的河里有着许许多多的图形。他看到他的父亲孤零零地在为了爱子而伤悲；他看到他自己也在孤单地系念着他那逃走的孩子。他看到他自己的儿子，也是形单影只地在人生之欲的火焰道上焦急地奔驰着；每一个人都专注于他自己的目标，每一个人都被他自己的目标牵着鼻子走，每一个人都痛苦不迭。这河水的声音充满着苦恼。它在唱着渴欲与悲哀之歌，在不断地向它的目标流去。

"听到么？"婆薮天以他的眼神默然问道。悉达多点了点头。

"好好听吧！"婆薮天轻悄地说道。

悉达多尽心地细听。他父亲的图形，他自己的图形，他儿子的图形，都流进了彼此之中。渴慕乐的图形也出现了，也在向前流着，而戈文达等人的图形也出现了，也都在向前流去。他们全都成了河水的一部分。这是他们全体的目标，思慕，欲望，痛苦；而这河的声音也充满着渴望，充满着刺痛，充满着无法餍足的欲望。这河向着它的目标流去。悉达多看出这河行色匆匆，由他自己和他的亲友以及他所见过的每一个人所构成。所有的波浪和整个的河水都在痛苦之中奔向目标，奔向许许多多的目标——奔向瀑布，奔向大海，奔向激流，奔向汪洋，而所有的目标无不达到，且一个接着一个，前后相续不断。河水化为蒸气上升，变成雨露下降。变作流泉，化作小溪，成为江河，重新再变，再度流动。但那渴望的声音已经更改。它仍在烦恼的寻求中回响着，而且还伴奏着其他的声音——苦与乐的声音，善与恶的声音，哭与笑的声音，数以百计的声音，成千累万的声音。

悉达多谛听着。他聚精会神地谛听着，完全专注地，心无杂念地听取着一切的声音。他觉得他到现在才算完全通达谛听的艺术。他早先虽常听到这一切声音，虽常听到这些无数的水声，但到今天，他才听出它们的迥异之处。他不再能够分别这些不同的声音了——他无法分别欢笑的声音与悲泣的声音了，无法分别童稚的声音与成人的声音了。离人的悲泣声，智者的欢笑声，愤怒者的吼叫声，以及垂死之人的呻吟声——所有这些，悉皆彼此隶属，难解难分。它们全都互

相交织，彼此连锁，以千种不同的方式纠缠在一起。而所有
这一切声音，所有这一切目标，所有这一切渴望，所有这一
切烦恼，所有这一切欢乐，所有这一切善与恶——所有这一
切的一切，就是这个世界。所有这一切的一切，就是万法之流，
就是生命的乐章。当悉达多全神贯注地谛听这条河的声音，
一心不乱地谛听着由这千种声音合成的歌声时；当他下去谛
听悲哀或欢笑的声音，当他不逼他的心灵去听任何一种特别
的声音而使它专注于他的自我，而来谛听所有的声音，整体
的声音，融合的声音时——那时，这由千种声音汇合而成的
大合唱，便是由一个字儿构成，而这个字便是："唵"——它
的意思是圆满。

"听出了么？"婆薮天的眼神再度问道。

婆薮天的微笑十分光灿；它明亮地跳跃在他那些苍老的
皱纹之间，就像"唵"字飞跃此河的各种声音之上一样。他
的微笑在他望着他的朋友时显得十分光彩，而现在这种光辉
的笑容，也在悉达多的面上出现了。他的创伤正在痊愈中，
他的痛苦正在消散中，他的自我已经融铸而成一如了。

打从这一刻起，悉达多不再对抗他的命运了。他脸上放
出了宁静的智慧之光：他已成了一个不再有矛盾欲望冲突的
人，成了一个已得解脱众苦的人，成了一个得与大化之流融
和的人。满怀慈悲怜悯之情，让他自己委身于此种大化之流

而归于万法的一如之中了。

婆薮天从河岸的座位上立起身来，向悉达多看了一眼，见到他的眼中既已显出了宁静的智慧之光，于是就以他那种慈悲护佑的态度轻轻拍拍他的肩膀，说道："老弟，我早就等待这个时刻了。如今这个时刻既已来到了，我也好走了。我扮演渡子婆薮天，已经扮演了不短的时间，如今总算功德圆满了。再见了，茅舍！再见了，河流！再见了，悉达多！"

悉达多恭恭敬敬地向这位即将离去的老人躬身敬礼。

"我早有所知了，"他轻柔地说道，"你就要进入山林之中了？"

"对的，我就要进入山林之中了，"婆薮天光彩四溢地说道，"我就要进入万法一如的境界了。"

就这样，他走了。悉达多注视着他。他怀着喜悦而又庄敬的心情注视着他，只见他的步履安详，面上露着荣耀，浑身都是光明。

声闻之人

　　戈文达曾经与其他僧侣在名妓渴慕乐献给佛弟子的那座游乐园中度过一个安居①的时期。他听说有一位年老的摆渡人，在距此一日行程的河边摆渡渡人，被许多人视为一位圣者，因此，当他出发行脚时，他就选了通往渡口的道路，急切地想要见见这位摆渡人，此盖由于，尽管他一直依戒修行，并因年高德劭而受到年轻僧人的尊敬，但是他的内心仍然没有得到平静，是以，他的求道目标仍然没有达到。

　　他到了渡口，请求这位老人渡他过河。船至对岸，他在与众人登岸时对这位老人说道："你对出家僧人和一般香客都很慈悲，渡了不少人过河。想你也是一位正道的追求者吧？"

　　悉达多的苍老眼神中露出了亲切的微笑，并且答道："啊，尊者②啊，你的法腊③已经很高了，而且身着佛制的袈裟，还自称求道者么？"

　　"我的法腊确是很高了，"戈文达说道，"但我一直不停地求道，今后也不会停止步道。这似乎就是我的命运。我觉得你好像也曾求过道。我的道友，关于此点，可否为在下开开茅塞？"

悉达多答道："我能对你说些什么有益的话呢？——除了说你也许求得太过了，结果反而不能得道？"

"此话怎讲？"戈文达问道。

"当你正在求道的时候，"悉达多答道，"你很可能只见你在追求的东西，反而不能发现任何东西，反而不能专注任何东西，为什么？因为你只想到你在追求的东西，因为你有了一个追求的目标，因为你被你追求的目标迷住了。所谓求道，含有达到某种目标的意思，而得道的意思则是自在解脱，无拘无束，随缘赴感而不强立固定目标。你这位尊者啊，也许确是一位求道者哩，因为你把功夫用在你的目标上，对于目前的东西反而视而不见了。"

"我还是不很明白，"戈文达说道，"尊意毕竟如何？"

悉达多答道："哦，尊者啊，距今许多年前，你路过这条河流，见到一个人在那里睡觉。于是你坐在他的身旁，看护着他，而你，戈文达啊，你却没有认出他。"

戈文达听到对方称呼他的名字，不禁大吃一惊，讶异得像着了魔似的望着这位摆渡人。

"你是悉达多么？"他怯生生地问道，"我这次又没有认出你来！啊，悉达多，很高兴能够再度与你相见，真是太高兴了！我的老兄，你变得太多了！那么，你现在是当摆渡人了？"

悉达多热情地笑了起来，"对，我现在做摆渡人了。人生在世，不但得时常改变，而且得常换衣装。老弟，我也不能例外。戈文达，非常欢迎你，我要请你在舍下小住一宿。"

当晚戈文达就在渡口的茅屋中过夜，就睡在婆薮天睡过的那张床上。他向这位年轻时的老友问了许许多多的问题，而悉达多也对他说了不少自己的生活情形。

次日早晨，戈文达临行时犹豫地说道："悉达多，我想在出发之前再问你一个问题，你是否用一种教义，一种信念或者理智作为助缘，助你走上正命④和正业⑤的道路？"

悉达多答道："我的老弟，你是知道的，我们在山林之中做苦行沙门的时候，那时我虽然还很年轻，但已不信任学理和教说，并且敬而远之了。直到今日，我的心向仍然如此——虽然，自那以后，我有过不少老师。一个漂亮的艳妓曾有很长一段时间担任我的老师，此外还有一位富商和一位赌徒，也曾当过我的老师。还有一次，佛陀座下的一位游方僧人，也曾做过我的老师。他曾在云游的途中坐在我的身旁看护我，那时我在森林里面睡着了。我也曾从他那里学到一些东西，因此我对他非常感激，非常非常感激。但最最要紧的，是我从这条河和我的前任婆薮天学到的东西。婆薮天是一个纯朴的人，并不是一位思想家，但他通源达本，不亚于大觉世尊。他是一位圣人，一位贤者。"

戈文达说道："悉达多，我看你似乎仍然喜欢开点小玩笑。我相信你并且也知道你没有跟过任何老师，但你自己难道没有某些想法——就算没有教义的话？难道你自己没有发现某种有助于正行的见地么？关于此点，如蒙指教，我会因为受益匪浅而大为高兴的。"

悉达多说："不错，这儿那儿我不时有过一些想法和见地。有时一个时辰，有时整整一天的时候，我变得颇有见地，就像一个人觉到心中的生命一般。我曾有过不少想法，但要向你道及，却非易事。不过，戈文达，这里一个想法给我留下了难忘的印象。真智是无法言宣的。智者尝试言传的那种智慧，听来难免令人感到愚蠢。"

"你又开玩笑了？"戈文达问道。

"没有，我在向你报告我的心得。知识可以言传，但智慧不然。一个人可以发现智慧，可以过智慧的生活，可因得到智慧而强化，可以运用智慧行使奇迹，但要说是传授智慧，那是办不到的。我在还很年轻的时候就已想到此点了，而使我对老师敬而远之的，就是此点。我曾经有过一个想法，戈文达，这个想法也许又要被你视为玩笑或愚话的，而这个想法却是：就每一种真理而言，它的反面亦同样真实。举例言之，一种真理，只有在它是片面的真理时，才可以用语言加以表达和推演。大凡可以想象得到、且可以用语言表述的东西，只是片面的，只是半边的真理；这种真理完全没有整体性，圆满性，统合性，大觉世尊对人说法时，他就不得不将这个人间分为生死与涅槃，虚妄与真实，痛苦与解脱来加以讲述。对于为人之师的人而言，也只有如此，别无他法可行。但这个世界的本身，既在我们里面又在我们外面，绝不是片面的。绝没有一个人或一种行为属于全然的轮回或全然的涅槃；绝没有一个人是完全的圣人或完全的罪人。这种情形之所以看来似乎如此，乃因为我们患了妄想之病，以为时间是一种真实不虚的东西。戈文达，时间并不真实，对于此点，我已体会多次了。时间既不真实，那么，横在此世与永恒、横在痛苦与极乐、横在至善与至恶之间的那条分界线，自然也就是一种虚妄不实的东西了。"

"这又怎么讲呢？"戈文达迷惑地问道。

"听吧，老弟！我是一个罪人，你是一个罪人，但这个罪人总有一天会化为清净的梵，总有一天会得证涅槃，总有一天会大悟成佛。这里面所说的这个'一天'，只是一种虚妄，只是一种比较。这个罪人并非在走向一种佛样的境界；这个罪人并非在不断进化之中——虽然我们的思维作用，唯有如此才能构想种种物事。事实并非如此，潜在的佛陀就在这个罪人的心中；他的未来就在此时。这个潜在的佛陀必须在他心中，在你心中，在每一个人的心中体会出来。戈文达，这个世界既不是有欠完善，也不是沿着一条漫长的途径在慢慢地向着完美的目标演进。事实并非如此，这个世界时时刻刻莫不完美；每一种罪过的里面莫不含有着慈善，所有的幼童都是潜在的老人，所有的奶娃娃身上都背负着死亡，所有的垂死之人都有着永恒的生命。在生命之道上，一个人无法看到另一个人走了多远；佛陀就在强盗和赌徒的心里；土匪就在婆罗门的心中。在甚深禅定之中，不但可以打破时间的观念，而且可以同时澈见过去、现在，以及未来三时的一切，而在这种境界之中，一切莫不皆善，一切莫不完美，一切都是清净的梵。因此，在我看来，一切无有不善——生固善，死亦善；圣固善，凡亦善；智固善，愚亦善——一切平等，无有高下。一切的一切，皆不虚设，一切的一切，只要我予以同意，只要我予以认可，只要我给予亲切的体谅，那么一切也就与我相得益彰，也就无害于我。戈文达，我从全副身心实践力行而知：我必得犯罪，必得贪婪，必得努力追求财富，体验恶心的痛苦，陷入绝望的深渊，始能学到不再抗拒这些，始能学到爱护这个世界，始可不再将它与某种理想的世界、与某种想象的完美景象比对而观，始能一任纯真自然，不加干扰，始能爱它，始能心悦诚服地归属于它。戈文达，这就是我心中的一些想法。"

悉达多弯下身去，从地上捡起一块石头，拿在他的手里。

"这个，"他在手里摆弄着说道，"是一块石头，在某种长度的时间之内，它也许会化成泥巴，而后又从泥巴变成植物，变成动物或人。若在以前，我会这样说：这块石头只是一块石头。它属于虚幻的现象界，没有任何价值可言，但也许由于它可以在变化循环之中而变成人和精神，故而也有它的重要性。这是我从前不会想到的。而今我却这样想了：这块石头是石头，它也是动物，也是神和佛。我不是因为它先是某样东西，而后又变成另外一样东西而尊重它，爱它，而是因为它不但老早就是每一样东西，而且永远是每一样东西而尊敬它，爱它。我之所以爱它，只因为它是一块石头，只因为它今天此刻在我看来是一块石头。我可以在它的每一个细微的花纹和孔隙中，在它黄色和灰色中，在它的坚硬性质中，在它受到叩击而发出的声音中，在它的表面所显示的干燥或湿度中，见出它的价值和意义。有些石头摸来像油脂，像肥皂，有些石头看来像枯叶，像沙土，各各皆有不同的面貌；各各皆以其固有的神态崇拜"唵"字真言；各各皆是大梵的化身。同时，它又是十足的石头，不论摸来像油脂还是像肥皂，都是一样，而这正是使我高兴的所在，似乎微妙而又值得崇拜的地方。不过，关于此点，到此为止，不再多说了。思想无法以语言作确切的表现，刚一说出口来，就变得有些不同了，有些歪曲了，有些愚蠢了。不过，对于被甲认为有价值，被甲视为智慧，而乙认为荒诞不经、毫无意义的想法，我不但随喜赞叹，而且认为似乎也有它的道理。"

戈文达一直在静静地倾听着。

"你为什么对我说这块石头？"顿了一会，他终于迟疑地问道。

"我这样说完全出于无心。不过，这样说也许可以表明我爱这块石头和这条河流以及我们眼睛可以看见的一切，只因为我们可以从这些东西体悟真理的本身。戈文达，我可以爱一块石头，爱一棵树木，甚或爱一块树皮。这些都是东西，而人是可以爱物的。但是我们不能爱言语。因为各种言教对我都没有用处；它们既无硬度，亦无柔性；既无色彩，亦无棱角；既无气味，亦无味道——除了语文之外，一无所有。你的心至今未得安稳，问题也许就在这里，也许是被太多的言教障碍住了，纵然是为了解脱和德行，也是荆棘。戈文达，所谓轮回与涅槃，也只是名言而已。涅槃并无其物，有的只是涅槃一词而已。"

戈文达说："我的老兄，涅槃并不只是一个名词而已，也是一种思想。"

悉达多接着说道："它也许是一种思想，但是，我的老弟，我得坦白对你说，对于思想与语言之间的差异，我不做太大的分别。不瞒你说，我对思想也不太重视。我较重视实际的东西。举例言之，这个渡口曾有一个人，是我的前任兼导师。他是一位圣者，多少年来，他只信这条河流，其余一概不信。他注意到这条河对他讲经说法。他向这条河学习，它也教导了他。这条河对他好似一位神明，许多年来，他一直不知道，每一阵风，每一片云，每一只鸟，每一条虫，莫不皆与他所尊重的这条河一样的神圣，一样的无所不知，一样的可以讲经说法。但这位圣人终于在进入山林的时候明白了一切；他虽没有老师，没有课本，但他比你我懂的还多，其所以如此，就因为他信奉这条河的启导。"

戈文达说："但你所谓的东西，是真实的东西么？是有实体的东西么？难道不过只是虚幻的妄觉，只是徒有其表的形象么？你所说的石头，你所说的树木，都是真实不虚的么？"

"这些对我也不成什么问题，"悉达多说道，"既然它们是幻，那我也是幻；它们既与我皆是幻，则其性亦与我不了。这就是使它们显得如此可爱，如此可敬的地方。这就是我何以能够爱它们的原因。而这就是你会嘲笑的教义。戈文达，在我看来，爱是世间最重要的东西。对于大思想家而言，探讨这个世界，解释这个世界，而后轻视这个世界，也许颇为重要。但在我看来，唯一重要的是爱这个世界，而不是轻视这个世界，不是从此憎恨，而是要能以爱心，钦慕，以及尊重来看这个世界和我们人类本身以及所有的一切众生。"

"这个我明白，"戈文达说道，"但那岂不就是世尊所说的幻妄么？他讲过慈善，克己，怜悯，忍耐——但就是没有谈过爱。他禁止我们让自己系缚于世俗的爱上。"

"这个我知道，"悉达多神采奕奕地微笑着说道，"戈文达，这个我知道，而这儿便是我们容易陷入语义迷宫和文字矛盾的地方，因为我要承认，我所说的有关爱的话，与大觉世尊所说的言教之间，有着显然的抵触。这就是我所以不太信任语言的道理，但我知道这种抵触也是一种幻妄。我知道我与佛陀没有异见。实在说来，他既看清人类一切皆属虚幻无常，然而又那样爱护人类，乃至将他漫长的一生完全用于帮助并开导有情众生，怎么可以说他不懂爱的意义呢？并且，对于这位伟大导师，在我看来，事情的本身胜于语言。他的德行和为人重于他的言教，他的手势重于他的言论。我之所以认为他是一位伟人，并非在于他的言词和思想，而是在于他的德行和为人。"

这两位老人沉默了好一阵子。而后由于戈文达准备启程，这才说道："谢谢你了，悉达多，谢谢你对我讲了你的一些想法。其中的若干观点不免有些新奇，非我一下所能理解。无论如何，谢谢你，并且祝你平安愉快！"

话是这样讲，但他心里仍在想道：悉达多是个怪人，而他所说的想法也很奇怪。他的观念似乎也很癫狂。世尊所说的教义，听来是多么的不同！它们清楚明白，直截了当，容易理解；它们里面没有怪异，热狂，或者可笑的东西。但是，悉达多的手和脚，他的眼神，他的眉宇，他的气息，他的微笑，他的招呼，他的步态，所给我的感受，跟他的想法却大为不同。自从大觉世尊般涅槃以后，在我所遇到的人中，除了悉达多以外，从来没有一个人使我有过如此的感受：这是一位圣人！尽管他的观念有些怪异，尽管他的语言有些愚昧，但他的眼神和他的手，他的皮肤和他的头发，全都放射着一种清净，安详，沉静，温和而又圣洁的光彩——所有这些，自从我们的导师过世以后，我一直没有在任何人身上见到过。

戈文达如此想着想着，心里不禁起了矛盾，于是满怀敬意地再度向悉达多躬身作礼。他拱起手来向这位静静坐着的人深深鞠了一躬。

"悉达多，"他说，"你我现在都是老人了。此次分别之后，也许此生就无缘再见了。我的老友，我看得出来，你的心已经安稳了。我知道我还没有达到这个地步。我敬爱的老友，请再给我一言半语，给我说些我可以想象的东西，给我说些我可以理解的东西！悉达多，给我说些可以助我上道的东西！我所走的道路总是艰难而又幽暗！"

悉达多默不作声，只是以他那种沉着而又安详的微笑望着他。而戈文达则带着焦急和渴望的神情定定地注视着悉达多的面孔；那种不断追寻而又接连失败的痛苦，都从他的眼神之中露了出来。

悉达多看着，微笑着。

"弯下身来靠近我！"他在戈文达耳边轻声说道，"过来，再靠近一点，很近很近！戈文达，吻我的前额。"

戈文达吃了一惊，但在一种至爱和预感的驱使之下，他又服从了他的指示。他倾身向前，以他的双唇在他的前额上面亲了一下。就在他如此做的当儿，他得了一种奇妙的感觉。这种感觉，就在他仍在吟味着悉达多的奇言怪语的时候，在他正在徒然地努力祛除时间观念、观想涅槃与生死不二的当儿，甚至在他仍在轻视其友之言与敬爱其友其人的矛盾之际，在他身上出现了。

他不再见到他的好友悉达多的面孔了。相反的，他却见到了其他种种的面孔，许许多多的面孔，一连串川流不息的面孔之河——数以百计，数以千计的面孔，都在不断地出现着，不断地消失着，同时却又似乎仍都存在着，都在继续不断地改变着，都在不断地自动更新着，而所有这一切的面孔，仍然只是一个悉达多。他见到一条鱼的面孔，一条痛苦地张着大口的鲤鱼面孔，一条两眼无光的垂死之鱼的面孔。他见到一副新生婴儿的面孔，满脸红红的褶皱，一副张口要啼的样子。他见到一个凶手的面孔，见到他用一把匕首刺入一个人的肉体之中，同时又见这个凶犯屈下双膝，被人反绑着，被刽子手砍下脑袋。他见到男男女女赤裸着身子，以各式各样的姿势从事销魂荡魄的爱的发泄。他见到许多尸体伸开着四肢，死寂，冰冷，而又空虚。他见到各种动物的脑袋——野猪的脑袋，鳄鱼的脑袋，巨象的脑袋，公牛的脑袋，鸟类的脑袋。他见到克里希纳⑥和阿耆尼⑦。他见到所有这些形体和面目，彼此之间各以千种不同的关系关联着，悉皆彼此相劝，相爱，相恨，相毁，而后新生。各各皆有死亡，各各皆是一切无常的一种范例。但他们之中没有一个死灭；他们只会改变，总会再生，不断地以一副新的面貌出现，只有时间介于这副与那副面目之间。而所有这些形体与面目都会安息，流动，再生，游过，并融入彼此之中，而在它们全体上面，总是笼罩着一种稀薄、虚幻而又实在的东西，好像一层薄薄的玻璃或者冰衣，就像一种透明的皮肤，外壳，形体，或者水的面罩，盖在它们上面一般——而这副水的面罩就是悉达多的笑靥，就是戈文达在那一刹那亲吻的那副面孔。并且，戈文达看出，这副面罩样的笑靥，这副统合诸种流体的笑靥，这副同时涵盖千生万死的笑靥——悉达多的这副笑靥——跟他曾以敬畏的态度瞻仰百次的大觉世尊的那种静穆微妙，不可思议，或许慈悲，或许嘲讽，或者智慧的千重笑容，完全没有两样。戈文达知道这位至人就以这种方式在微笑着。

当此之时，戈文达如被圣箭击中要害似的感到无限的快乐，无限的陶醉，无限的得意，既不知时间之存在与否，亦不知此种示现⑧究竟刹那还是百年的工夫，更不知世间有无悉达多或戈文达其人，有无自己与他人；既是直立着，却又附身在他刚刚亲过、刚刚还是现在与未来一切形象舞台的安详面孔上面。照见千重形象的明镜，虽然已从表面消失了，但悉达多的那副面貌和神情仍然没有改变。他仍像大觉世尊笑过的一般笑着，安详而又温和地笑着，或许非常慈悲地笑着，或许有些嘲讽地笑着。

戈文达深深躬下身去，老泪禁不住地淌在他的脸上。他被一种至爱和极度的虔敬之感慑住了。他五体投地地拜伏在这位如如不动地坐着之人的跟前，此人的微笑使他想起了他平生所曾爱过的一切，使他想起了他平生认为神圣而又有价值的一切。

【译注】

① 安居时期（a rest period），此词原文的字面意思"一段休息的时期"。但此处所指，当系正规僧侣，定期举行的"安居"。《佛学大辞典》云：印度僧侣，两期三月间，禁止外出而致力坐禅修学，是名两安居（亦作"雨安居"，盖安居期多在雨季故）异名

坐夏，坐腊等，始此谓之结夏，终此谓之解夏。业疏四曰："形心摄静曰安，要期在住曰居。"又，《行事钞资持记》四之二云：结夏之时期，旧译家分前、中、后三期，始于四月十六日者为前安居，始于五月十六日者为后安居，始于中间者为中安居。其日数为九十天。新译家译为二期，前安居始于五月十六日，后安居始于六月十六日，而无中安居。但中国和日本之僧徒皆取四月十六日入安居之日。《西域记》二曰："印度僧徒，坐两安居，前代译者，或云坐夏，或云坐腊。"参见本章译注③。

② 尊者，梵语阿梨耶，译作圣者，尊者，谓智、德俱尊者。

③ 法腊，简称"腊"，或作"蘟"亦即正式为僧之年资也，《佛学大辞典》云：岁终祭神，汉谓为"腊"，因而比丘受戒后，终三旬之安居，名为"腊"，取岁终之义也。出家之年岁与俗异，以受戒以后之安居数为年次也，故有"戒腊""夏腊""法腊"，等称。《玄应音义》十四曰："今比丘或言腊，或言夏，或言雨，皆取一终之义。案天竺（印度）多雨，名雨安居，从五月十五日王八月十五日也。土火罗诸国至十二月安居，今言腊者，近是也。此方言夏安居，各就其事制名也。"又，"腊次"或"僧次"（僧在僧团中的位次）亦由此而来。参见本章译注①。

④ 正名（to live right），为八正道之五，谓清净身、口、意之三业，顺于正法而活命、离五种之邪活法，以无漏之戒为体，详见本书第一部第三章《大觉世尊》下译注④。

⑤ 正业（to do right），八正道之四，谓以身、口、意之三业清净，离于一切邪妄也：以真智除身之一切邪业，住于清净之身业也，以无漏之戒为体。详见本书第一部分第三章《大觉世尊》下译注④。

⑥ 克里希纳（Krishna），今译"基士拿"，为毗瑟笯之别名，详见第二部分第一章《青楼艳妓》下译注②。

⑦ 阿耆尼（Agni），亦译恶祈尼，为火神之名。

⑧ 示现（display），原文字面意义为"展示"，唯此处所指不同于一般的展示，乃指诸佛菩萨应种种机缘而现种种身形以度应机之人也，如观音菩萨所现三十三种身份，即是其例，在此所现佛的微笑，可说是以一种无言的形象说法度人的例子。明代高僧憨山德清在其所著《观老庄影响论》（一名"三教源流异同论"）中说佛示现的人间度生云："……故现身三界，与民同患，乃说离欲出苦之要道耳。且不居天上而乃生于人间者，正示十界因果之相，皆从人道建立也。然既处人道，不可不知人道也。故吾佛圣人，不从空生，而以净饭为父，摩耶为母者，示有君亲也；以耶输为妻，示有夫妇也；以罗睺为子，示有父子也。且必舍父母而出家，非无君亲也，割君亲之爱也；弃国荣而不顾，示名利为累也；掷妻子而远之，示贪欲之害也；入深山而苦修，示离欲之行也；世习外道四遍处定，示离人而入天也；舍此而证正偏正觉之道者，示人天之行不足贵也；成佛之后，入王宫而舁父棺，上忉利而为母说法，示佛道不舍孝道也；依人间而说法，示人道易趣菩提也；假王臣为外护，示处世不越世法也；此吾大师示现度生之楷模，垂诫后毗之弘范也……"

Hermann Hesse

《荒原狼》　　　　　《彷徨少年时》

《乡愁》　　　　　　《漂泊的灵魂》

《生命之歌》　　　　《流浪者之歌》

《东方之旅》　　　　《在轮下》

《读书随感》　　　　《玻璃珠游戏》

《孤独者之歌》　　　《艺术家的命运》

《美丽的青春》　　　《知识与爱情》

本书讲述了古印度贵族青年悉达多为了追求心灵的安宁，孤身一人展开求道之旅的故事。他聆听教义、结识名妓，还成为富商。此时的悉达多，内在与外在的享受达到巅峰，却对自己厌恶至极。终于，他抛弃世俗，来到河边，意图结束生命。在最绝望的一刻，他听到了生命之流永恒的声音……

赫尔曼·黑塞
(Hermann Hesse)

1877—1962，德国文学家、诗人、评论家。出生于南德的小镇卡尔夫，曾就读墨尔布隆神学校，因神经衰弱而辍学，复学后又在高中读书一年便退学，结束他在学校的正规教育。日后以《彷徨少年时》《乡愁》《悉达多求道记》《玻璃珠游戏》等作品饮誉文坛。1946年获歌德奖，同年又荣获诺贝尔文学奖，使他的世界声誉达于高峰。1962年病逝，享年85岁。黑塞的作品以真诚剖析探索内心世界和人生的真谛而广受读者喜爱。

一生追求和平与真理的黑塞，在纳粹独裁暴政时代，也是德国知识分子道德良心的象征。

徐进夫
(1927—1990)

著名翻译家，精通中、英、法文，曾翻译许多文学、禅学作品和名著，深受翻译界推崇。

图书在版编目（CIP）数据

流浪者之歌 /（德）黑塞（Hesse，H.）著；徐进夫译.
—上海：上海三联书店，2013.8
 ISBN 978-7-5426-3889-2

Ⅰ．①流… Ⅱ．①黑…②徐… Ⅲ．①长篇小说－德国
－现代 Ⅳ．①I516.45

中国版本图书馆 CIP 数据核字（2012）第 139074 号

流浪者之歌

著　　者 /	〔德国〕赫尔曼·黑塞
译　　者 /	徐进夫
责任编辑 /	陈启甸　王倩怡
特约编辑 /	刘文莉　张　楠
装帧设计 /	Metis 灵动视线
监　　制 /	吴　昊
出版发行 /	上海三联书店

　　　（201199）中国上海市都市路4855号2座10楼
　　　http://www.sjpc1932.com

印　　刷 /	北京鑫海达印刷有限公司
版　　次 /	2013年10月第1版
印　　次 /	2013年10月第2次印刷
开　　本 /	787×1092　1/32
字　　数 /	124千字
印　　张 /	7.75

ISBN 978-7-5426-3889-2/I · 603

定　价：24.80元